Ein junger Mann findet sich in der neurologischen Abteilung einer japanischen Klinik wieder. Er trägt eine Taucherbrille, die ihn vom Außen abschirmt, und er glaubt, unheilbar krank zu sein. Einer Pflegerin erzählt er seine Lebensgeschichte, die zurückführt an den Tag, an dem er als Kind erlebte, wie sein Vater am Ende des Zweiten Weltkriegs umkam. Ein früher Roman von Kenzaburō Ōe, der die Traumata des Krieges in den Blick nimmt – erzählt in poetisch komplexer Form.

Kenzaburō Ōe, geboren 1935 auf der Insel Shikoku, Romanistik-Studium an der Tokyo University mit einer Abschlussarbeit über Sartre. Er schrieb Essays, Geschichten und Romane. Mit 23 Jahren erhielt Ōe den renommierten Akutagawa-Preis, es folgten zahlreiche weitere Auszeichnungen – darunter 1994 der Nobelpreis für Literatur. Ōe lebt in Tokio. Zuletzt sind von ihm die Romane »Licht scheint auf mein Dach« und »Der nasse Tod« erschienen.

Weitere Informationen finden Sie auf www.fischerverlage.de

Kenzaburō Ōe

Der Tag, an dem Er selbst mir die Tränen abgewischt

Roman

Aus dem Japanischen von
Siegfried Schaarschmidt

FISCHER Taschenbuch

MIX
Papier aus verantwortungsvollen Quellen
FSC www.fsc.org
FSC® C083411

Erschienen bei FISCHER Taschenbuch
Frankfurt am Main, April 2019

Die Originalausgabe erschien 1972 unter dem Titel
›Mizukara waga namida o nugui tamau hi‹
bei Kodansha, Tokyo

Für die deutschsprachige Ausgabe:
Der Roman erschien erstmals im Suhrkamp Verlag,
Frankfurt am Main, 1995

Satz: Pinkuin Satz und Datentechnik, Berlin
Druck und Bindung: CPI books GmbH, Leck
ISBN 978-3-596-29668-2

DER TAG, AN DEM ER SELBST MIR DIE TRÄNEN ABGEWISCHT

I.

Es geschah einmal mitten in der Nacht, er war eben dabei, sich mit der Rotex-Rotorschere die Nasenlöcher auszurasieren, und tat das, obwohl er nie wieder aufrecht auf lebenden Füßen hinaustreten würde in die Straßen des Staubs, mit einer solchen Sorgfalt, als sollte darin wie in Affennüstern kein Härchen mehr wachsen – da setzte sich plötzlich jemand auf seine Bettkante, vielleicht einer, der sich aus der Nervenabteilung derselben Klinik davongestohlen hatte, oder ein zufällig hereingeschneiter Irrer, ungewöhnlich klein und hager für einen Mann, aber das vollrunde Gesicht behaart wie eine jener bärtigen Daruma-Puppen, und der schrie geifernd:

– Was ist eigentlich los mit dir? Na, sag schon, *was denn, was denn?*

Er, jäh aufgeschreckt, riss die Rotorschere aus der Nase (einige Härchen blieben jedoch zwischen Messer und Tubus eingeklemmt), schleuderte sie – Gereiztheit mischte sich in den Schmerz – in einer drehenden Bewegung gezielt gegen das Bartgesicht, und indem er sich, gehindert dadurch, dass das Gewicht des auf der Wolldecke sitzenden Mannes seine Beine blockierte, nur mit Schultern und Oberkörper mühsam aufrichtete, brüllte er zurück:

– Was mit mir ist? *Der Krebs, der Krebs!* Der Leberkrebs als solcher und an sich, *das bin ich!*

Hastig zerrte er den Baumwollkittel über der Brust auseinander, wies auf seine Haut, auf der wie eine Spinne wulstige Adern sichtbar wurden, und als er dann seine beiden blutroten Hände ausstreckte, verbeugte sich der Besucher mit dem Ausdruck eisigster Höflichkeit:

– Entschuldige. Mir scheint, du bist verrückt.

Gleich darauf und lautlos, ein Tropfen Wasser versickert so im Sand, war die Gestalt verschwunden.

Nur die arabeskenhafte Scharte, die die über das Rundgesicht hinwirbelnde Rotorschere im Rand des Bartgestrüpps hinterließ, sie ist seinen Augen im Gedächtnis geblieben, und das trotz des eingeschränkten Blickfelds (hatte er doch auch dabei, wie immer, die dunkle Unterwasserbrille getragen). Sollte sich also der nächtliche Eindringling inzwischen den Bart abrasiert haben, besäße er nicht den geringsten Ansatz mehr für eine Spurensicherung. Jedenfalls objektiv gesehen. Andererseits verstärkt sich in ihm das Gefühl, in der Erscheinung des Bärtigen hätte er seinen ALTEN wiedererkannt.

Was denn, muss ich solche Possen auch noch protokollieren? Fragt die Testamentsnotarin, die sein Diktat aufnimmt. Er hat es längst aufgegeben, die anderen, nur weil sie die gegenwärtige Zeit mit ihm teilen, als Menschen zu begreifen, die diese selbe Welt durchleben wie er; also merkt er auf die Person so wenig, dass er keinen Versuch unternimmt, sich klarzumachen: Ist es seine Frau, seine Pflegerin, oder handelt es sich um eine amtliche Archivarin für Zeitgeschichte, von der Regierung oder von den Vereinten Nationen ausschließlich dazu entsandt, dokumentarisch festzuhalten, was er erzählt. Träfe letzteres zu, und er würde nach dem Verzehr von Unmengen Knoblauch (was die aus einem fünfunddreißigjährigen Leben, aus der nun zu Ende gehenden Gegenwart verbliebene Restenergie in Sexualität verwandeln müsste) mit widerlich stinkendem Atem den Versuch unternehmen, diese Person auf sein Bett zu ziehen, so könnte das peinlich werden. Im Augenblick indessen ist seine ganze Kraft, die physische wie die psychische, darauf gerichtet zu erzählen, weiterzuerzählen. Selbst den ärztlichen Visiten oder den Medikamenten, die ihm die Pflegerin verabreicht, bringt er, obwohl er sich fügt, kein übermäßiges Interesse entgegen. Wieso nur hatte er da den Eindringling in jener Nacht, genauer: am 1. Juli 1970, morgens um zwei Uhr, wahrnehmen können? Noch immer ist ihm nicht klar: War der bärtige Daruma wirklich und leibhaftig erschienen, oder war er nur heraufgetaucht aus einer allein in ihm selbst, in seinem bewussten wie unbewussten Inneren existierenden Vergangenheit, die er, als die von ihm bevorzugte, so gern für die einzige reale Welt nähme? Und deshalb lass das unnütze Gefrage und konzentriere dich auf die Niederschrift des Diktats! Denn die Zeit, die mir bleibt, ist begrenzt; tatsächlich kann ja, wer weiß, schon morgen die letale Bewusstlosigkeit einsetzen. Sobald das der Fall ist, rufst du bitte – wie es das Testament verlangt – unverzüglich das Post- und Telegraphenamt im Tal hinterm Wald an, lässt das so genannte ›Tonband ab Koma-Beginn‹ laufen und bestellst das Ticket fürs Flugzeug. Du weißt: Um meine Mutter im Tal hinterm Wald damit hereinzulegen, dass ich sie zu guter Letzt doch noch überhole, ist das außerordentlich wichtig. Sagt er. Nimm also den Bleistift und dränge dich nicht in eine Zeit, die dem Leberkrebs gehört!

Wäre die Erscheinung jenes Eindringlings in der Nacht ein Traum gewesen, wie diejenigen glauben, die sein Bett umstehen, ohne dass sie auf ihn einzuwirken vermöchten, so hätte er, seit er, jung wie in Afrika die Bantus an der Leber leidend, in diese ›End-Grube‹ geriet, zum ersten und (wie er mit Sicherheit vermutet) zum letzten Mal einen deutlich erinnerten Traum gehabt.

Es gab Berichte, wonach er im Schlaf gelegentlich laut aufgeheult habe. Manche meinten das damit zu erklären, dass er erst im Traum sich selbst in seiner gegenwärtigen Krise erkannt habe. Die so redeten, behaupteten jedoch auch, er bilde sich den Leberkrebs nur ein, es liege eine simple Leberverhärtung vor, und eine Wiederherstellung sei zwar nicht einfach, immerhin aber bestünde für ihn die Chance davonzukommen. Hierauf er wiederum: An Trauminhalte, die ihn zum Heulen veranlasst hätten, könne er sich partout nicht erinnern. Und in der Tat hieß es zugleich, im wachen Zustand sei er zumeist von einer geradezu euphorischen Stimmung beherrscht, er befinde sich dann überaus wohl. Manchmal, aber nicht um vor denen, die an seinem Bett bald auftauchten, bald verschwanden (und die ihn, der er auf diesem Lager als festen Programmpunkt die Stunde seines Todes erwartete, ganz ohne Zweifel überleben würden, während umgekehrt er sie wie bereits Gestorbene behandelte) – nicht also um etwa vor ihnen den Glücklichen zu markieren, sondern allein um die von seinen unregelmäßig schwankenden Stimmbändern her über die Kieferknochen in seinen Ohren anlangenden Töne und die gleichzeitigen wirren Resonanzen zu genießen, die aus der Tiefe der mit dem Krebsgewebe schwangeren Eingeweiden heraus darauf antworteten, sang er auf Englisch das Lied von den ›Happy days‹, die wieder da sind. Übrigens steigt die Melodie dieses Liedes im Refrain erheblich an, und hatte er am Liedanfang in der falschen Lage eingesetzt, so klang es zum Schluss, als schluchzte er mit gellender Stimme; was nicht nur die Umstehenden erschreckte, auch ihm selbst verursachte dies ein eigenartig unbehagliches Gefühl in den Eingeweiden. Nach seiner festen Überzeugung freilich wird seine Leber, ist sie erst einmal zu einem steinigen Klumpen geworden, bei weiter zunehmender Schwellung gerade die höheren Tonlagen wie ein mitklingender innerkörperlicher Lautsprecher verstärken und auf diese Weise die organisch bedingten Dissonanzen eliminieren. Sein *Let us sing a song of cheer again, happy days are here again* endet mit der Tonfolge:

Da lebe ich zwar – so seine Überlegungen – in dem Vorgefühl, meine Happy days kehrten wieder, nur habe ich hier niemanden, mit dem ich sie teilen könnte, und meine noch immer im Tal hinterm Wald eingeschlossene Mutter, die allein Augenzeuge meiner wirklichen Happy days war, schickt mir pausenlos nichts als die Hochfrequenzwellen des Hasses auf die Antenne meiner Eingeweide. Gewiss habe ich davon den Krebs bekommen. Und er war zu dem Entschluss gelangt: Wenn das der Fall ist, muss ich, während ich, einsam im Bett liegend, die Zeit verbringe, meine Happy days in allen Einzelheiten dokumentarisch festhalten, muss ferner, um dem Ganzen die zur Fortexistenz auch über meinen Tod hinaus benötigte Objektivität zu verleihen, schriftlich bezeugen, dass mein Kopf nach Verfall der damaligen Happy days wie ein Modellflugzeug unablässig seine tragischen, trudelnden Bewegungen hin auf eben jene Happy days wiederholte.

Als ein Kranker jedoch, der sich schon auf der Schwelle des Todes befindet, ein Opfer entweder (wie er selber glaubt) des Leberkrebses oder (soweit objektiv feststellbar) einer schweren Leberverhärtung, kann er die Aufzeichnungen natürlich nicht mit eigener Hand vornehmen. Unter Hinweis darauf bat er um eine Stenographin, doch eine der Stimmen an seinem Bett meinte: Er leidet nur unter Einbildungen; sobald er das ›normale Bewusstsein‹ wiedererlangt und begreift, dass er sich nicht auf der Krebsstation, sondern in der neurologischen Abteilung befindet und durchaus nicht der Schwerkranke ist, der noch nicht einmal einen Bleistift zu halten vermöchte, wird er sehr wohl imstande sein, mehrere Stunden hintereinanderweg zu schreiben, sogar mit einem so schweren Gerät wie diesem protzigen Mitbringsel von einer Auslandsreise, diesem riesigen Pelikan-Füllhalter. Sagte die Stimme. Der erwähnte Füllhalter übrigens, ebenso wie die von ihm im Bett fast ständig getragene Unterwasserbrille mit ihren vorn an den grünspanigen Röhren angebrachten ovalen Gläsern (die man vor langer Zeit, als Kunstharztapes noch nicht gebräuchlich waren, mit dickem, grünem Zellophanpapier hinterklebt hatte, so dass er, da er die Brille unverändert so benutzte, mit ihr und der Rotorschere dem Eindringling in jener Nacht vorgekommen sein mochte wie ein Planetarier, der ihm von Augen und Nase her nicht weniger als drei kegelförmige Metallröhren entgegengestreckt) – neben dieser Unterwasserbrille also stammt auch der Füllhalter aus dem Nachlass jenes Toten, der für seine Mutter und für ihn zwar von verschiedener Bedeutung gewesen war, von dem sie aber dennoch beide als von dem ALTEN gesprochen hatten. Er empfand daher die von der Stimme benutzte Ausdrucksweise an sich schon als unbillige Geringschätzung eines jetzt in seinem Besitz befindlichen Erbstücks des ALTEN; umso mehr, als sie fortfuhr und sagte: Angenommen einmal, du glittest wirklich demnächst hinüber ins Koma und stürbest, da würden sich doch die privaten Protokolle von deinen Happy days als völlig sinnlos erweisen, oder? Eine derartige Vermutung versetzte ihn erst recht in Zorn.

Und erregt beteuerte er abermals: Was ich hier zu diktieren gedenke, ist ein Stück Zeitgeschichte; das geht über private, nach Gutdünken abgefasste Memoiren hinaus. Wäre zum Beispiel der ALTE, der darin auftritt, nicht kurz vor der Niederlage bei einer Straßenschlacht in der Provinzstadt umgekommen, hätte man ihn mit Sicherheit vor dem Fernöstlichen Kriegsverbrechertribunal, notfalls vor einem ins Tal hinterm Wald entsandten Sondergericht als Zeugen vernommen; weshalb alles, was ich von nun an berichte, bei den Vereinten Nationen auf lebhaftes Interesse stoßen wird, zu schweigen von unserer derzeitigen Regierung, in der ja, nachdem sie überlebt haben, eindeutige Kriegsverbrecher noch immer den Ton angeben. Erklärte er mit Nachdruck. Nun, jedenfalls hat er jetzt die Testamentsnotarin an seinem Bett sitzen, die sein Diktat aufnimmt, und er ist auch bereits im Besitz eines Rohmanuskripts seiner ›Geschichte einer Zeitgenossenschaft‹, wenngleich die zeitliche Abfolge darin noch zu wünschen übrig lässt. Da er allerdings zumeist die nach Art der Operngläser aus einem Doppeltubus bestehende, mit grünem Zellophanpapier beklebte Unterwasserbrille trägt, bedeutet es für ihn eine zwar nicht völlig unmögliche, jedoch mit entsetzlichen Schwierigkeiten verbundene Aufgabe, das Manuskript dieser ›Geschichte einer Zeitgenossenschaft‹ durch wiederholtes Lesen zu überprüfen.

Einmal meint die Testamentsnotarin: Warum eigentlich diktierst du so, als glaubtest du, dass du – was doch deinem tatsächlichen Zustand widerspricht – unheilbar an Krebs erkrankt seiest und also jeden Augenblick der tödlich endende Tiefschlaf einsetzen könnte? Wenn sich dies Wort für Wort in Schrift verwandelt, habe ich das Gefühl, als finge umgekehrt das auf dem Papier Niedergeschriebene an, sich zur Realität zu entwickeln, und schöbe die schreibenden Finger vorwärts. Sagt sie. Woraufhin er zurückschlägt. Solltest du vom Arzt den Befehl haben: ›Erzählen Sie ihm über seinen Krebs nur irgendwelche Lügen!‹ – ich warne dich: so oft dir eine Lüge aus dem Mund fliegt, wird sie Gestalt annehmen, wird deinen Kopf umschwirren, und schließlich stehst du hilflos da in einer Mückensäule aus Gestalt gewordenen Lügen.

Als er zuerst gespürt hatte, wie sich, gärendem Malz vergleichbar, in seiner Leibeshöhle der Krebs auszubreiten begann, war ihm klargeworden, dass er durch nichts als durch die Kraft der Natur allmählich frei würde von dem, was ihn fesselte. Nicht indem er willentlich Verweigerung akkumulierte, er brauchte sich nur ruhig auszustrecken, und selbst im Schlaf wucherte der Krebs, diese Chance zur Freiheit, in seinem Inneren unaufhaltsam weiter. Manchmal hatte er das Gefühl, es breitete sich in seinem Kopf eine unbestimmte Dunkelheit aus, die nicht allein das reale, sondern auch das imaginative Blickfeld wie mit einem Nebel überdeckte, und darunter erschien, von einem violetten Schimmer überzuckt, sein Krebs wie dicht beieinanderstehende, üppige wuchernde gelbe Hyazinthen oder Chrysanthemen. In solchen Augenblicken pflegte er sein innerstes Hirn bis zur Erschöpfung zu bemühen; mit besonders kräftigen Atemzügen konzentrierte er alle Wahrnehmungsfähigkeit auf die Nasenflügel, um so den Hyazinthen- oder aber Chrysanthemenduft des Krebses auszumachen. Dass da, sinnlich lokalisierbar in Fleisch und Blut, etwas existierte, was sich auf natürliche Weise, aus eigener Kraft vermehrte und ihn allein dank innewohnender Energie über eine in seinem Bewusstsein nicht wirklich vorausahnbare neue Grenze hinauszuführen imstande war – dies alles erinnerte ihn an Erfahrungen aus der Zeit nach dem sexuellen Erwachen. Ein Vergleich, der ihn davon träumen ließ, es könnte auf diese Weise die verblassende, nur die Asche noch ein wenig wärmende sexuelle Glut aufgeschürt werden. Also hoffte er nun, den Tod schon vor Augen, das fünfunddreißig Jahre lang Tabuisierte, Verdrängte wie aus dem Brunnen schöpfend wieder zu entdecken, es abermals freizusetzen; hierbei, so stellte er sich das vor, müsste aus dem üppigen gelbblühenden Krebsgeschwür, aus dem violetten Schimmerleib, der es umschloss, eine ungeahnte Welt des Sexus erumpieren.

Um freilich so schamlos zu sein, dass man aufs gewahrte Gesicht nichts mehr gibt, bedarf es einer sorgfältigen Festlegung der Initiationsstufen, eines langsamen Aufstiegs durch schrittweise erfolgendes Selbsttraining. Da er die so genannte natürliche Veranlagung zur Obszönität nicht besitzt, war zu befürchten, dass er, unter den entrüsteten Blicken der anderen, in einen Zustand geriet, in dem sich sein gesamter Körper gleichsam in eine erregte Vagina verwandeln würde, die sich wie eine frisch ins Meerwasser ausgesetzte See-Anemone damit vergnügt, dass sie ihre Fühler hin und her bewegt, und so, sich pausenlos befeuchtend, zu schwellen beginnt. Die ihm noch verbleibende Zeit indessen war begrenzt, das wusste er; weshalb er mit der sexuellen Neuentfaltung über die Vorahnung nicht hinauskam und sich auf seinem Lager eher wie ein asketischer Maulwurf ausnahm.

Da die Testamentsnotarin, als er dies diktiert, einen beunruhigten Eindruck macht, sagt er: Jetzt fürchtest du wohl, ich könnte dich bitten, mir bei der Selbstbefriedigung behilflich zu sein, nicht wahr? Fürchtest, dass ich dich – wenn denn mein Körper eine erregte Vagina wäre – um eine so ungeheuerliche Masturbation anflehen könnte, als verlangte ich: nur zu, stoß mir den Knüppel in die See-Anemone meines Körpers und walk sie mir! Nicht wahr? Es war schon eine unverschämte Anspielung, die er da machte, halb spöttisch, halb aber auch wie eine Verführung.

Sobald er in den Eingeweiden oder auf der Haut die ersten Anzeichen eines Schmerzes, auch nur eines Juckens verspürt, schreit er denen, die um sein Bett sind, zu: Holt den Doktor! Damit der ihm ›Morphium‹ spritzt. Und er hat nie daran gezweifelt, dass es sich bei all den Spritzen, die man ihm verabreicht, um ›Morphium‹ handelt. Tatsächlich ist er, seit er damit rechnen darf, dass die sich andeutenden Schmerzen noch vor ihrem Ausbruch durch eine ›Morphium‹-Gabe blockiert werden, zu einem Mann geworden, der wieder und wieder jenes Lied von den glücklichen Tagen singt, ist er, kurzum, ein glücklicher Mann. Nach jeder Spritze erscheint er wie im Koma: daliegend in einem Schlaf, in dem er sich rundum in einer Sanftheit geborgen fühlt wie nie seit seinen Säuglingsjahren. Als er einmal aus einem solchen Schlaf erwachte, fiel sein Blick auf ein Foto (das hatte er aus einem Buch von Bataille ausgeschnitten), auf dem ein durch Drogen in Trance versetzter chinesischer Delinquent zwischen zwei Wagen zerrissen wird. Er griff zum Spiegel, um zu prüfen, ob etwa sein eigenes Gesicht dem Gesicht des auf dem Foto zu Tode gebrachten Chinesen gliche: Es besaß dies eine Tragik, die etwas von einem aus Schmerz und Verzückung zusammengedrehten Seil an sich hatte, dabei aber, anders als im Mienenspiel auf den erotischen Shunga-Bildern, die vollkommenste Reinheit ausdrückte. Nun, vor dem eigenen blassen Gesicht, um den Mund herum die wie Seeigelstacheln dicken, lackschwarzen Bartstoppeln, die Haut, weil er auf dem Rücken lag, straff gespannt und ohne die Spur von Fleisch oder Fett darunter, kam es ihm vor, als wäre hier sein wahres Gesicht, das Gesicht, das er einst besessen, an dem er jedoch irgendwann das Besitzrecht verloren hatte, zurückgekehrt. Er setzte die Unterwasserbrille mit den metallenen Röhren auf und gab sich damit zufrieden, dass er in dem kleinen, begrenzten Blickfeld jenseits des düstergrünen Zellophanpapiers das wiedergewonnene Gesicht mit all der knochigen, lächerlichen Hässlichkeit des Knaben beobachten konnte, der damals im Tal hinterm Wald in die Tiefe getaucht und den Fischen nachgejagt und der er selber gewesen war.

Natürlich ist es auch schon vorgekommen, einfach weil er die ausweglose Situation, in der er sich jetzt mit seinen fünfunddreißig Jahren befindet, bis zum letzten auskosten möchte, dass er sich bei völlig klarem Bewusstsein in Albträume hineingestellt erlebte, die beherrscht waren von der Furcht vor dem Tode. Einmal frühmorgens – er hatte sich vergewissert, dass niemand in der Nähe seines Bettes war – verfiel er darauf, sich für besessen von einer jener banalen, abergläubischen Wunschvorstellungen zu halten: wenn er gegen das Leberkrebsgespenst, das ihn wie ein von Furcht verwirrter Straßenköter attackierte, einen Fünf-Minuten-Kampf bestünde, ohne von dessen schmutzigen und feuchten Kiefern gebissen zu werden, wäre er den Krebs in seinem Körper für immer los. Also warf er sich wie wild hin und her, um den Zähnen des Gespensterhundes Cancer, dem Biss des Krebs-Ungeheuers, das auf sein Bett gesprungen war, zu entgehen, so dass er, als ihn gleich darauf die Blase drückte und er sich aus dem Bett erhob, das Gefühl für die Richtung vollkommen verloren hatte. In einem durch die Unterwasserbrille nur dämmrigen Licht tappte er auf den Ausgang zu, wo die Tür wie immer hätte offen stehen müssen; doch statt der erwarteten Weite entdeckte er, so dicht vor seinen Augen, dass er mit den Röhren der Unterwasserbrille fast dagegengestoßen wäre, eine in einem ein wenig grünlichen Weiß gehaltene hellglänzende Mauer von unverhoffter Festigkeit. Ein Gefühl nicht nur der Selbstblockade, die unfähig macht zu jeder weiteren Bewegung: nein, hier zum ersten Mal war es ganz und gar konkret der Tod, der sich in sein reales Leben drängte. Wie ein schlecht ausgerüsteter Maschinenmensch, der auf keine andere Richtung umschalten kann, stand er unbeholfen, ja ratlos vor der Mauer; es war, als fürchtete er, einen elektrisch aufgeladenen Körper mit gewaltiger Rückstoßkraft zu berühren, als wären ihm seine beiden erhobenen Arme, unfähig, die Mauer zu ertasten, eingefroren. In der von der Mauer reflektierten Helle erschienen ihm seine schlanken, dunkelgrünen Finger mit Saugnäpfen wie die Froschzehen besetzt, wie Löffel, die sich nach vorn zu rund verbreitern. Von einem Grausen gepackt in dem Spiel, das er selber begonnen hatte, kippte er nach hinten um und fiel taumelnd irgendwie aufs Bett, über dessen Laken sich der Urinschwall ergoss.

Noch in einem solchen Augenblick genoss er es, sich auszumalen: Das wird ein schönes Gedränge geben, wenn all die Systeme in diesem Körper, die jetzt für den regelmäßigen Stoffwechsel des Lebenden sorgen, auf die Ankündigung des Todes hin um die Wette zu verfallen beginnen! Am Schluss jenes Tonbands, das, nachdem bei ihm das Koma eingesetzt haben wird, die Testamentsnotarin laufen lassen soll, hat er, um seine dann allein aus dem Haus im Tal anreisende Mutter damit zu erreichen, die folgenden Worte aufgesprochen: *Überzeuge dich mit eigenen Augen davon, dass mein Körper wirklich zerfällt, überzeuge dich möglichst auch davon, dass die verwesenden, aufquellenden Eingeweide das Bauchfell sprengen und unter dem Druck der Gase als breiige Flüssigkeit hervorschießen.* Allerdings war es ihm schwergefallen, diese Worte ohne jede selbstquälerische Ironie über die Zunge zu bringen; angenommen, gleich zu Beginn der Aufnahme hätte ihn etwa ein magensaures Aufstoßen gewürgt oder es hätte ihm die Stimme versagt, hätte gezittert, er wäre gewarnt gewesen: In der Welt nach dem Tod wirst du es zu bereuen haben. Und es wäre bei einem nur schweigend imaginierten Text geblieben.

Wenn er an Feuerbestattung dachte, wenn er sich vorstellte, dass die Verbrennungen zudem übereilt stattfinden, noch während jedenfalls bei weitem nicht alle Körperzellen schon verwest sind, wurde sein noch lebendiges Inwendiges steif vor Zorn. Eine körperliche Reaktion, von der er spürte, dass es in einer vom Bewusstsein unabhängigen Rebellion die Zellen als solche waren, die sich, was ihre Selbständigkeit bewies, eine um die andere vollsogen mit Zorn. Auch dass sein totes Ich – unter Maßregeln zur Verhinderung der Verwesung – einer Autopsie unterworfen werden könnte, erfüllte ihn mit Wut und Abscheu. Nehmt diesen Leib als ein Verwesendes, lasst still in ihm und in allen seinen Teilen die Verwesung dauern, entheiligt nicht die Würde der Verwesung, die Würde des verwesenden Wesens Mensch! Zärtlich legte er beide Hände auf die wie ein steinernes Kissen in seinen Bauch eingenähte Leber, und abermals mahnte er die Testamentsnotarin an ihre beständige Pflicht. Nämlich seine aufgeschwollene, defekte Leber (die zu verwesen beginne, sobald das darin hausende Krebsgewebe auf dem Höhepunkt seines Geschäfts alle Lebensfunktionen gestoppt habe) vor der restlosen Zerstörung durch eine übereilte Feuerbestattung oder durch die noch immer dem Experimentiergeist des Internistenzeitalters verpflichteten Ärzte im Ganzen zu bewahren, so dass ihre kopernikanische Wendung nicht behindert würde. Indem er darüber nachdachte, was denn mit ihm nach dem Tode, vor allem hier in dieser irdischen Welt geschähe, entwickelte er ein wohlmeinendes Verständnis für Bestattungsbräuche, bei denen die Toten den Vögeln oder dem Wind ausgesetzt werden. Auch erinnerte er sich – er hatte das am Ganges, in der den Hindus heiligen Stadt Benares gesehen –, wie die von innen heraus allmählich verwesenden, wie Mondfische aufgedunsenen, friedvollen

Leichname halb untergetaucht im mächtigen, trüben Strom einhergetrieben kamen, und abermals pries er bei sich die Aufrichtigkeit in dem von Weisheit erfüllten Verhalten der Inder: Meditativ in einem meditationsgünstigen Klima, hatten allein sie sich unter den zahllosen Völkern der Menschheit im wirklichen Sinne und historisch am längsten der Meditation ergeben.

Hast du denn damals auf deiner Indienreise im heiligen Benares tatsächlich Tote gesehen, die im Wasser schwammen? Fragt die Testamentsnotarin. Und hierauf er: Ach, weißt du, seit ich spüre, dass meine Leber irreparabel geschädigt ist, habe ich mich für frei erklärt von jeder Bindung an diese reale Welt, die mit ihren Fingern nach mir greift; ich bin mir einfach nicht sicher, ob ich das, was ich erzähle, real erlebt habe oder nicht, und im Grunde kommt es ja auf die Übereinstimmung mit der Realität auch gar nicht an. Sagt er. Sollte es zum Beispiel nötig werden, beim Wiederaufsuchen meiner vergangenen Happy days Einzelheiten aus dieser Vergangenheit besonders deutlich aufsteigen zu lassen, so bin ich bereit, dafür mein reales Ich ohne Rücksicht und in welcher Weise auch immer zu verändern. Angenommen, ich versuche tief hinabzusteigen bis zu den Erinnerungen an die Schlägereien, in die ich als Junge verwickelt war, dann tue ich das in der festen Überzeugung, dass es sich bei diesem fünfunddreißigjährigen Ich, das hier darniederliegt, weil es an der Leber leidet (und nicht nur an der Leber, sondern heillos geschädigt ist an nahezu sämtlichen inneren Organen), dass es sich bei diesem Ich also um einen Profiboxer der Bantamklasse handelt, der schon vor längerem abgetreten ist. Ich stelle einfach die Zeit der inneren Time-machine zurück auf das Ich von vor fünfundzwanzig Jahren, das sich damals mit den altersmäßig überlegenen Teufeln aus dem Tal herumschlug, und zwar mit einer Boxtechnik, wie sie mich die jungen Leute vom Marinefliegertraining gelehrt hatten, die ins Dorf gekommen waren, um das Harz der Kiefernwurzeln zu sammeln. Dabei ist mir das krampfhafte Zusammenzucken der Gehirnzellen in dem jungen Feuerkopf, ist mir das brennende Verlangen wieder lebendig, auch einmal Soldat und zugleich Profiboxer zu werden, so dass ich mir gar nicht mehr vorstellen kann, ich hätte in Wahrheit bis in diese jetzige Gegenwart herein einen ganz anderen Beruf als den eines Boxers ausgeübt. Sobald ich es freilich damit übertreibe, könnte es sein, dass der vollmondgesichtige Zwerg in mir, dieser Kerl im braunfleckigen und zerschlissenen, viel zu großen Turnhemd, der da, die am Bund reichlich doppelt weite Kniehose beidseitig hochgerafft und durch einen Strick zusammengehalten, den Kampf aufnimmt gegen die auf die Exkremente des ALTEN neugierigen, schlaksigen Teufel aus dem Tal – könnte es sein, sagt er, dass der Blut und Speichel spuckende Zwerg sich aus dem tiefsten Innern meines Körpers erhebt und auf das schlapp im Bett liegende Ich losboxt.

Da er, was seine Gegenwart betrifft, keine andere Determination gelten ließ als die, dass hier einer mit einer geschädigten Leber auf dem Sterbebett liege, hatte er, bei welchem hypothetischen Lebenslauf auch immer, niemals irgendwelche lästigen Widerstände auszuräumen. Eine Bedingung, die einen stärkeren Anstoß in Richtung auf umfassende Freiheit auszulösen imstande wäre als die Tatsache, dass ein Mensch auf dem Sterbebett mühsam mit beiden Armen seine Leber umklammert hält wie einen Fels, ist für ein auf Loslösung bedachtes Bewusstsein schwer vorstellbar.

Daher er sich denn sagte: Hinsichtlich seiner Happy days, also des Brennpunkts seiner Vergangenheit einfach nach Belieben unter all den denkbaren Möglichkeiten auszuwählen gehe nicht an. Würde er die Happy days zurückgerufen haben als eine nur ungenau bestimmte Vergangenheit, als eine Vergangenheit gleich welcher Bedeutung, so hätte er sich eines gut Teils der Begründung dafür beraubt, warum er – geduldig die ihn die ganze Zeit über latent bedrängenden Schmerzen in der Leber ertragend – dieses Leben weiterleben sollte. Ja es verlangte ihn geradezu danach, seine Happy days mit der größten Treue wiederauferstehen zu lassen; und nur deshalb, nämlich um der Genauigkeit in der Ausführung willen, war er unbekümmert genug und verbog auch einmal seine jetzige Gegenwart. Andererseits brauchte er, der tagsüber, aber auch nachts, solange er wach lag, eine derart logische und klare Denkweise bewies, nur hinüberzugleiten in den Schlaf, schon schrie und jammerte er mit lauter Stimme. Schließlich berichtete ihm die Testamentsnotarin davon und meinte, indem sie sich auf die Vokalstruktur seines Geschreis stützte, das nach jeder Pause mit der Silbe ›bii –‹ einsetzte:

– Wenn du so jammerst, klingt das wie das ›bii-bii-bii‹-Geschrill einer Zikade.

Aber es blieb dabei, der Albtraumbrocken ließ sich durch ein Ausforschen des Geschreis nicht wegschmelzen; indessen schien er in seinen Träumen geradewegs auf einen bestimmten Zeitpunkt seiner Vergangenheit zuzusteuern, und allmählich erschloss sich aus dem unentwegten Gejammere ein etwas deutlicherer Wortinhalt. Er selber konnte sich natürlich an nichts aus diesen Träumen erinnern; weshalb die Testamentsnotarin kurzerhand von sich aus als mutmaßlichen Klagetext notierte:

– Ah! bist verlassen – – – bist Verlassener verlassen – – – bist verlassen – – – Verlassener verlassen –!

2.

Was er im Schlaf herausgeschrien hatte, wurde demnach zwar identifiziert; die Tatsache als solche jedoch, nämlich dass er im Schlaf zu schreien pflegte, war so nicht aus der Welt zu schaffen; vielleicht lag das daran, dass nicht er selbst die Sache aufgedeckt hatte. Er habe danach gelegentlich sogar noch heftiger geschrien, erklärte eine weitere Person aus dem Kreis derer, die sein Bett umstehen.

Nun gut, meint er, werde ich dich also künftig die Pflegerin nennen. Womit er den Grund legt zu einem unumgänglichen Kompromiss, der die Protokollantin entlasten soll. Es fing damit an, dass sie ihn mitten im Diktat unterbricht: Weißt du, noch jedes Mal wenn ich als diejenige, die die Worte wirklich hinschreibt, begreife, da ist die Pflegerin gemeint, habe ich beste Lust, auch ›Pflegerin‹ zu schreiben; ungeachtet deiner unbestimmten Ausdruckweise, mit der du den Begriff ›Pflegerin‹ vermeidest. Sagt die Testamentsnotarin. Ja, wie denn? Er zeigt ein leichtes Missfallen. Willst du mir etwa zu verstehen geben, dass du, mag ich erzählen, was auch immer, nicht imstande bist, deine eigenmächtigen Wünsche zu unterdrücken, die Dinge, die du glaubst, so hinzuschreiben, wie du sie glaubst? Und ich benutze doch absichtlich schon die dritte Person, einfach um das Protokollieren zu erleichtern! Sagt er. Doch die Testamentsnotarin erwidert hierauf nichts. Dies alles trägt nur noch mehr zu seiner Unlust bei, die bereits protokollierten Teile durch die mit grünem Zellophanpapier verklebte Unterwasserbrille zu überlesen. Vielleicht steht da ja nun in diesen Papierbündeln von seinem gründlichen Diktat nichts mehr, ohne dass es verwässert wäre durch eine Lösung aus Unbestimmtheiten, nicht wahr? Na schön, aber was eigentlich gedenkst du umzuschreiben an einem Text, der von der spezifischen Vergangenheit eines dir völlig fremden Menschen berichtet? Sagt er. Und die Testamentsnotarin: An dem, wie mir diktiert wird, korrigiere ich kein Wort, keine halbe Zeile; nur möchte ich dich bitten, benutze doch zum leichteren Mitschreiben die allgemein üblichen Nomen, also zum Beispiel das Nomen ›Pflegerin‹, wo es sich um die Pflegerin handelt. Wenn wir uns da nicht bemühen, könnten, befürchte ich, die Nomen aus deiner Rede schließlich ganz verschwinden, da du noch dazu so gut wie keine Person bei einem eindeutigen Namen nennst. Sagt sie, die mit dem bestimmten Nomen ›Pflegerin‹ zu bezeichnen hiermit festgelegt war.

Und auch die Pflegerin hat zu berichten. Allerdings habe er sich selbst nach noch so durchjammerten langen Nächten niemals an seine Träume erinnern können, obwohl sie doch von Bitternis und Verlorenheit erfüllt gewesen sein müssten. Solange einer schläft, dürfte sich die Zahl der Pulsschläge verringern, gleichzeitig, ist anzunehmen, sinkt der Blutdruck, kommen die Funktionen der inneren Organe, vom Gehirn ganz zu schweigen, weitgehend zum Stillstand. Der Krebs aber vermehrt unaufhaltsam seine Zellen, unabhängig von Bewusstsein oder Nichtbewusstsein und Tag und Nacht ohne Unterschied. Wenn also, während er schläft, in ihm ein genügend großer Vitalitätsüberschuss existiert, um wilde Schreie auszustoßen – könnte es da nicht sein, dass dieser Überschuss weniger aus dem vom Krebs zerfressenen, bereits in einer Falllinie abstürzenden Körper, sondern vielmehr aus der Vitalität des lebhaft weiter aufschwellenden Krebses herrührt? Aber worüber sollte das Krebsgewebe jammern? Einmal gegen Tagesanbruch wurde er von der Pflegerin wachgerüttelt: Bis ins Nachbarzimmer sei sein unmäßiges Gejammer zu hören gewesen. Richtig zu sich gekommen und obwohl er nichts von dem Kranken im Nachbarzimmer, dafür aber hörte, wie im Klinikhof die zweihundert Laborhunde von seinem Geschrei erschreckt zu bellen angefangen hatten und noch immer bellten, dachte er: Träume sind Träume, und wie die Dinge liegen (die grundsätzliche Bedeutung ist mir ja bereits aus der Niederschrift bewusst geworden), ist das kein bloßes Hundegebell. In diesem Augenblick stieß er unter dem Profiboxer der Bantamklasse auf ein Ich, auf einen Menschen, der bis in sein fünfunddreißigstes Jahr das reale Leben als Schriftsteller beziehungsweise Dramatiker gelebt hatte, und damit fegte er sogleich das Gefühl beiseite, die Welt der Träume zerre ihn zurück, befreite er sich auch von der körperlichen Restempfindung seines Geschreis, und die Vorboten der ihn tagsüber beherrschenden Hochstimmung begannen in ihn einzusickern.

Dann machte er sich an das für ihn jetzt im höchsten Maße vergnügliche Spiel: sich mit fahrplanmäßiger Genauigkeit die wie oft schon vorgestellte Bilderfolge von der Abfahrt seiner Mutter aus dem Dorf auszumalen, die beginnen wird, sobald er im Sterben liegt. Es ist dies ein Programm für den Fall, dass ihm unmittelbar vor Eintritt des letalen Komas, also bei noch vollem Bewusstsein, von den Ärzten bescheinigt werden kann, sein Dahinscheiden werde mit Sicherheit innerhalb der nächsten Tage erfolgen, für den Zeitpunkt mithin, in dem nach aller Voraussicht das Geschäft seines Sterbens zum krönenden Abschluss gelangt.

An diesem bestimmten Morgen, einem Morgen, an dem durch das ärztliche Telegramm nun auch seine Mutter (ihm selbst glaubt sie ja kein Wort) objektiv davon überzeugt werden kann, dass es Zeit ist, aus dem Dorf hinterm Wald abzureisen, lässt er die Testamentsnotarin zunächst durch ein Ferngespräch mit dem Flugplatz der Provinzstadt erkunden, ob der Flugplan an eben dem Tag präzise eingehalten wird. Lässt sie ferner Auskünfte einholen über die Wetterlage auf dem Airport Ōsaka-Itami, desgleichen natürlich auch für Tōkyō-Haneda. Alles ist völlig normal. Da es heißt, die über den Wald hinweg herunter in die Ebene führende Straße, die so genannte Neunundneunzig-Kurven-Passstraße sei inzwischen gepflastert worden, ist kaum zu befürchten, dass unterwegs zwischen dem Tal hinterm Wald und der Provinzstadt irgendwelche schwer zu überwindende Hindernisse auftauchen könnten. Seine Mutter wird also mit dem Dreirad-Lieferwagen aus dem Tal aufbrechen, den Wald passieren, am Fuß der Berge die Ebene durchqueren und die Provinzstadt so erreichen, dass sie zum festgesetzten Zeitpunkt das Flugzeug besteigt. Seine Mutter wird weiter planmäßig in Itami umsteigen, auch dort nach Plan abfliegen und Haneda erreichen. Mit kerzengerade aufgerichtetem Kopf, nicht bereit, den Mund aufzumachen, und sollte ihr dennoch ein überfreundlicher Mann zudringlich kommen und sie ansprechen, entzöge sie sich der Belästigung dadurch, dass sie aus ihrem stramm gebundenen Obi jene Karte herausfingerte und vorwiese, die man ihr im Voraus zusammen mit dem Ticket fürs Flugzeug geschickt hat. Eine Karte, auf der geschrieben steht: ›Diese alte Frau spricht mit niemandem, den sie nicht von Ansehen kennt. Falls dringliche Umstände es erforderlich machen, wird um die Freundlichkeit gebeten, sich an nachstehend genannte Anschrift zu wenden.‹

Als schließlich die festgesetzte Stunde kommt, vergewissert er sich durch einen Anruf im Tal hinterm Wald, dass der Dreirad-Lieferwagen mit seiner Mutter losgefahren ist. In seinem Geburtshaus (im Tal nennt man es den Speicherhof) erreicht er niemanden mehr, seine Mutter hat es bereits verlassen. Die Person, die ihm seinen Kontrollanruf beantworten kann, wird demnach die Frau des Post- und Telegraphenstationsvorstehers sein, die den ganzen Tag vor dem noch von Hand zu bedienenden Klappenschrank sitzt.

– Ja. Sagt die als Telefonistin tätige Frau des Stationsvorstehers. Eben sehe ich den Dreirad-Lieferwagen über die Holzbrücke zurückkommen. Und weil man sie (in einem Telefonat eigens aus Tōkyō!) darum bittet: Beobachten Sie doch einmal, ob der Dreirad-Lieferwagen jetzt weiterfährt zur Betonbrücke hinüber auf die aus dem Tal führende Straße! – so wird sie, beglückt über den seltsamen Auftrag, berichten: Übrigens fährt da die alte Dame vom Speicherhof mit, und sie hat vor ihrer Brust das Kästchen hängen, in dem man damals im Krieg die Asche der Gefallenen verwahrte. Offenbar will sie wie vor einer längeren Abwesenheit vom Dorf rasch noch ihrem heiligen O-Kōshin einen Besuch abstatten und dann wegfahren aus dem Tal. Natürlich! Deshalb zurück über die Holzbrücke! Und jetzt dreht der Dreirad-Lieferwagen wirklich auf den Dorfausgang zu, fährt weiter auf die Landstraße hinüber, und auf dem Platz neben dem Fahrer sitzt, den Kopf kerzengerade aufgerichtet, mit allerdings geschlossenen Augen, dazu das Kästchen vor der Brust, die durch nichts zu erschütternde alte Dame vom Speicherhof.

– Ist ihr etwa nicht wohl, so dass sie deshalb die Augen geschlossen hat? Wird er (wie immer, wenn es um seine Mutter geht) mit einer gewissen allzu offensichtlichen Erwartung fragen.

– Aber nein. Da die alte Dame niemanden als sich selbst für einen Menschen hält, pflegt sie vor jedem, der ihr im Tal begegnet, die Augen zu schließen. Wird die Frau des Stationsvorstehers mit einer Stimme erwidern, die erfüllt ist von einem leichten, aber seit langem angestauten Groll, womit sie seinem warmen, anheimelnden Gefühl einen Schlag versetzt. Nicht dass bereits dadurch seine Glücksstimmung von Grund auf umgestülpt würde. Die alte Dame da, um von ihren Angehörigen zu sprechen, hat keinen sonst mehr, der am Leben wäre, als den einen Sohn, und von dem heißt es, er hätte Krebs und läge im Sterben. Deshalb nämlich fährt sie jetzt nach Tōkyō und nimmt die Asche des Toten mit, der damals, schon fünfundzwanzig Jahre ist das nun her, auf dem Feld der Ehre gefallen ist. Und trotzdem vergießt sie keine Träne, hält sie den Kopf kerzengerade, hat sie die Augen geschlossen, die strenge Frau! Aber eben auch eine Frau, die anderen so leicht nicht glaubt. Die denken wird: Der Arzt irrt sich mit seiner Diagnose, der Sohn hat gar keinen Krebs. Und wir hier hinten in dieser Gegend denken alle so.

– Nein, da gibt es keinen Zweifel, es ist Krebs, zudem Leberkrebs, und es wird vermutlich nur noch wenige Tage brauchen. Das hat man ihr unmissverständlich mitgeteilt, und daher ihr Entschluss, aus dem Tal wegzufahren.

Ja, wollen Sie etwa behaupten, Sie hätten es direkt vom Arzt? Dass er wirklich Krebs hat, der Sohn, was die Frau demnach bereits gewusst hätte?

– Allerdings. Und gewiss ist es Krebs, ich selbst habe das aus dem Mund des Doktors gehört, schließlich bin ich der Sohn vom Speicherhof, bin der, der jetzt mit dem Krebs im Sterben liegt. Wird er erklären, um gleichzeitig der Pflegerin zu bedeuten, sie möge, seine eigene Kraft reiche dazu nicht mehr aus, den schweren Hörer zurücklegen auf die Gabel.

– Oh, entschuldigen Sie bitte vielmals! Wird im Hörer die wie eine Mücke sirrende Stimme sagen, wird sich ohne eigentliche Antwort die Stimme entfernen und verlöschen, als flöge die Mücke erschreckt davon.

Die Aschenurne hängt man sich vor die Brust, indem man die Zipfel des weißen Baumwolltuchs, in das die Urne eingeschlagen ist, um den Hals herum führt und sie hinten verknotet. Gegen Kriegsende entwickelte sich diese Art, die

Totenasche herumzutragen, zu einem regelrechten Brauch im Tal. Die Urne jedoch, die seine Mutter mit auf die Reise nehmen würde, war noch um einiges älter als fünfundzwanzig Jahre. Nicht lange nach der Seeschlacht bei den Midway-Inseln, jener Wende, mit der der Rückzug der japanischen Armeen begann, war in ihr, einem damals in der Tat noch seltenen Gefäß, die angebliche Asche seines älteren Bruders, kümmerlicher Rest einer anorganischen Materie, ins Dorf zurückgekehrt, des ersten Kriegstoten aus dem Tal, es hatte ihn auf dem chinesischen Festland erwischt, und diese Aschenurne war es gewesen, die mitsamt dem Kästchen aus rohem Holz und dem Baumwolltuch den lebenslang unüberbrückbaren Bruch zwischen seiner Mutter und dem ALTEN herbeigeführt hatte. Zu der Zeit war der ALTE bereits aus den verschiedenen Unternehmungen der gemeinsam mit den in der Mandschurei stationierten Militärs operierenden ›Dunkelmänner‹ ausgestiegen und lebte versteckt im heimatlichen Tal. Dass nun der älteste Sohn, nachdem er sich von der aus Truppen des China-Expeditionskorps gebildeten Front entfernt hatte, entweder vom Feind oder aber von den eigenen Leuten erschossen worden war, ausgerechnet in einem Gebiet, in dem der ALTE zuvor als ›Dunkelmann‹ das Sagen gehabt, trug diesem den offenen Hass der Mutter ein. In dem Haus im Tal hinterm Wald wurde das Wort Vater seitdem nie wieder in den Mund genommen. Und da sollte seine Mutter nun die Urne mit der Asche des Bruders, die eine so ungewöhnliche Bedeutung hatte, nach fast dreißig Jahren wieder hervorholen, sie sich umbinden und so den

Dreirad-Lieferwagen besteigen, um loszufahren, fort über die schwindelerregende Neunundneunzig-Kurven-Passstraße, während sich die Unruhe über ihr Davongehen aus dem Wald, hatte sie das Gefühl, an ihrem Rücken festsaugte wie ein Vakuum. Bis hierher hatte er das herrliche Spiel im Bereich seines Bewusstseins genossen, jetzt versuchte er, es aus purer Laune mit Hilfe des Unbewussten zu intensivieren. Träfe es zu, dass er (erinnerte sich der Erwachte auch an keinerlei Trauminhalte) dies alles dennoch im Traum erlebte, müsste sich doch, solange er noch im Zustand der Traumfähigkeit war, das körperliche Erlebnis dieses Geträumten wiederholen lassen.

Er hatte von der Pflegerin eine Schlaftablette bekommen, und während er dabei war, wieder einzuschlafen, suggerierte er seinem Unbewussten, er wünsche speziell von der Neunundneunzig-Kurven-Passstraße zu träumen. Wie oft hatte er nicht seit jungen Jahren festzustellen versucht, ob die Bezeichnung der Passstraße als einer mit neunundneunzig Kurven auf einem Tatbestand beruhe; aber beim Durchfahren der Strecke waren ihm im Kopf die Zahlen und die Kurven regelmäßig derart durcheinandergeraten, dass er das erhoffte Resultat nie erzielt hatte. Und so würde er sterben, ohne sich Gewissheit verschafft zu haben. Als der ALTE, unförmig aufgedunsen, mit dem heftig blutenden Blasenkrebs schon nicht mehr aus eigener Kraft laufen konnte, an einem Hochsommertag vor fünfundzwanzig Jahren, war er mit IHM und zehn aus der Armee Desertierten (sie hatten den ALTEN aus dem Tal abholen wollen) auf einem Militärlastwagen, und ein deutsches Lied singend, über die neunundneunzig Kurven davongefahren. Seitdem die Ärzte die Endphasen-Behandlung eingeleitet haben, die den Schmerz in seinen Eingeweiden lindert und gleichzeitig das Bewusstsein von den Qualen verwischt, verwandelt er sich zurück in den kleinen Teufel aus dem Tal, überfleckt vom Licht jenes letzten Kriegssommers, und als handelte es sich gleichsam um den Traum eines Erwachenden, starrt er weiter unverwandt auf den kleinen Ausflug damals. Warum eigentlich sollte er, solange er schläft, von keinen wirklichen Träumen heimgesucht werden? Wie denn, wenn er im Traum nun zum Beispiel Träume hätte, die, zwar nicht einschätzbar, nachdem er einmal aufgewacht, über ihn als diesen Menschen aber hinausreichten? Es konnte doch nicht sein, dass im Traum die Führungsgewalt über seinen Körper und gleichzeitig sein Bewusstsein ganz und gar vom Krebs als solchem übernommen war, oder? Wäre dem aber so, dann wollte er erst recht darum gebeten haben, dass in seinen derart kontrollierten Träumen der Aufstieg hinauf auf jene Passhöhe erinnernd zurückgerufen würde: einziges Schlupfloch sozusagen, um aus dem Tal quer durch den Wald hinauszugelangen in die Welt da draußen. Was ihm ja auch zustand, schließlich war er jetzt der Krebsmensch.

Als er abermals erwachte, war freilich weder in seinem Körper noch in seinem Bewusstsein auch nur die Spur eines geträumten Traumes zurückgeblieben. Oder hatte er gar nicht geträumt? Das war morgens um acht, und er hätte gern gewusst, ob er wieder geschrien habe, aber die Pflegerin fertigte ihn kurzerhand ab mit einem: Wenn du dich nicht selber erinnerst, sage ich besser nichts.

Hier unterbricht ihn die Testamentsnotarin. Lautete ihre Antwort nicht vielmehr: ›Was immer ich sage – wenn du dich nicht selber erinnerst, hat doch alles keinen Zweck.‹ Ob ich das so korrigiere? Und er, erregt: Korrigieren? Für wen denn, weshalb denn korrigieren? Befallen von dem daraus aufbrodelnden Gift, würde meine ›Geschichte einer Zeitgenossenschaft‹ ja hoffnungslos zugrunde gerichtet. Bist du schon vom Korrekturdämon befallen, warum gehst du dann nicht wie die philippinischen Seelenoperateure vor, die die Geisterkräfte in den messerscharfen Zungen- und Fingerspitzen benutzen, und korrigierst sämtliche Krebsteile aus meinen Eingeweiden? Freilich ist es ein Krebs, den ich mir eigens angeschafft habe, also würde ich nicht ohne weiteres darein einwilligen, ihn zuletzt noch aus der Hand zu lassen. Und weil sie ihm daraufhin vorhält: Du hast diktiert, die Ärzte hätten die Endphasen-Behandlung eingeleitet, die den Schmerz in den Eingeweiden lindert und das Bewusstsein von den Qualen verwischt; wenn ich das hingeschrieben habe, dann ohne die Verantwortung für den Wahrheitsgehalt auf mich zu nehmen. Denn du hast keinen Krebs! Weil sie ihm dies vorhält, sagt er: Der Doktor, die Pflegerin und du auch – worauf eigentlich zielt ihr ab mit eurer Verschwörung, mich in einem fort zu belügen? Schließlich will ich ja den Krebs!

Einmal hatte er den zur vormittäglichen Visite erschienenen Doktor gefragt: Warum verheimlichen Sie mir, dass es Krebs ist?

– Aber ich verheimliche dir doch nichts! Wehrte der Doktor wie immer ab. Tatsächlich ist dein Körper von einer geradezu unglaublichen Menge Narben bedeckt. Von Narben zudem, die alle oder beinahe alle so aussehen, als hättest du sie dir selber eingeschlitzt in deine Haut. Findest du nicht?

Eine reichlich unklare Antwort zwar, gleichwohl verleiteten ihn diese Bemerkungen des Arztes dazu, dass er sich von der Testamentsnotarin splitternackt ausziehen ließ, hierauf den Handspiegel nahm und seine alten Narben inspizierte, außer freilich am Rücken, am Hintern und an den Hinterpartien der Oberschenkel. Gewiss hat er bei dieser Inspektion, ohne die mit Zellophanpapier beklebte Unterwasserbrille abzusetzen, die kleineren Narben nicht wirklich entdeckt. Viele der Narben ermittelte er hingegen unmittelbar auf der Haut seiner Erinnerung. Da waren auch Narben aus den kurzen Tagen von der Kinderzeit bis zum Gipfelpunkt seiner Happy days. Bei den meisten jedoch handelte es sich um solche, die er nach dem Zusammenbruch der Happy days hatte hinnehmen müssen, um Narben vor allem, die ihm, dem Heranwachsenden, in jenem ersten Jahr eingegraben worden waren, in dem er vom Dorf im Tal aus mit dem Fahrrad die Neue Oberschule im Nachbarort besuchte. Zum ersten Mal völlig ungeschützt und auf sich allein gestellt, war er mit diesem Schulbesuch per Fahrrad in ein Territorium eingefallen, das sich von dem Tal, in dem er geboren war, völlig unterschied. Auch besaßen die anderen, die ihn außerhalb des Tales erwarteten, keinerlei vom ALTEN geprägte psychische Merkmale, zeigten keine Symptome, die auf ein Fortwirken SEINER Autorität hätten schließen lassen; sie waren, kurzum, die absolut Anderen, die Fremden, die, wenn sie mit dem konfrontiert wurden, was der ALTE hinterlassen hatte, niemals sogleich die Augen niederschlugen und den Kopf abwandten. Die unzweifelhaft Brutalsten zudem umringten ihn auf dem Campus der Oberschule. Da das Nachkriegschaos mit noch immer wachsendem Widerhall die Welt der Jugendlichen in den Provinzen beeinflusste und Gewalttätigkeiten in jeder Form an der Tagesordnung waren, hatte in einer solchen Umgebung gerade eine Haltung wie die seine, nämlich dass er nicht die geringste Furcht vor einer Verletzung kannte, ja dass er bisweilen von sich aus leidenschaftlich die Verletzung herbeisehnte, zur Folge, dass er so zum ersten Mal seine persönliche Freiheit zu schützen vermochte. Der Erwerb dieser Freiheit begann kurz nach seinem Eintritt in die Oberschule, als er eines Tages allein in den Turnhallenanbau zitiert wurde, wo ihn der Anführer der die Schule beherrschenden Bande mitsamt seinem Anhang in voller Schlachtordnung erwartete. Grund für die Vorladung war die Tatsache, dass er als Neuer unvergleichlich viel ärmer und dreckiger war als irgendeiner seiner Mitschüler. Zwar hatte er von seiner Mutter genug erhalten, um die Aufnahmegebühren und das monatliche Schulgeld zu begleichen, ihr jedoch auch noch etwas zum Kauf einer Uniform und zum Eintritt in den Schulclub zu entlocken, war ihm nicht gelungen. Und er selber fand, dass das unverantwortlich war. Also trug er weiter (wie schon die ganze Mittelschulzeit hindurch) die Schuluniform seines von der

Front desertierten und erschossenen Bruders, auf die er sich die Abzeichen der Oberschule aufnähte. Weil er aber fürchtete, bei seiner Mutter könne dadurch neuerlich die Erinnerung an den toten Bruder geschürt werden, hatte er es sich bereits seit der Mittelschulzeit angewöhnt, die Jacke in Zeitungspapier zu wickeln und sie so in dem Blockhausschuppen zu verstecken, der abseits des von ihm und seiner Mutter bewohnten Speicherhofs lag. Kam die Jahreszeit, dass er die Jacke brauchte, ging er hemdsärmelig aus dem Haus, machte einen Umweg über den Schuppen, zog sich dort flink die Jacke über und begab sich zur Schule. Daher geriet der Uniformrock nie in die Wäsche, nie wurde eine geplatzte Naht ausgebessert, und es stimmte schon, er wirkte schmuddelig und stank zudem entsetzlich. Als einziger unter den neu eingetretenen Schülern besaß er außerdem auch keine Uniformmütze.

Dem Anführer der Bande war es wohl darum zu tun, durch die vorgeführte Bestrafung eines Jungen, der so offensichtlich die Schulregeln verletzte, den Neulingen klarzumachen, dass seine Bande nicht nur in und außerhalb der Schule gefürchtet wurde, sondern dass sie hier stellvertretend, zwar inoffiziell, doch zum allgemeinen Wohle, das Polizeirecht ausübte. Sämtliche Neuen hatten sich während des Strafgerichts – das Betreten der Halle war ihnen untersagt – ringsum an den Fenstern zu versammeln. Ohne auch nur die geringste Solidarität mit dem einen Neuen zu verraten, der da bestraft werden sollte, mühsam die Balance haltend zwischen verschreckter Neugier und dumpfer Angst, standen sie dichtgedrängt, um einmütig und mit apathischem Gesichtsausdruck dem ungleichen Schauspiel der Gewalt beizuwohnen, das sich im Inneren der Halle ereignen würde.

Und tatsächlich verlief die Sache zunächst so ungleich, wie die meisten der Neuen erwartet haben mochten. Von den Anklägern, die sich auf den Parallelbarren geschwungen hatten, wurde darauf verwiesen, dass er keine Socken trug, sondern dass seine nackten Füße in zerrissenen Gummischuhen steckten, was allein schon der Schulordnung widerspreche. Des Weiteren wurde beanstandet, dass seine Uniform nicht die der Oberschule war, ja dass er ein Hemd aus schwarzem Stoff anhatte, und dies war den Schülern aufs strikteste verboten. Das Hemd hatte er sich selbst genäht, nämlich aus einem großen schwarzen Fahnentuch, das er, ohne zu wissen, wozu dergleichen überhaupt gedient haben könnte, aus der Nachlasskiste seines älteren Bruders hervorgekramt hatte. Der Anführer der Bande, gestützt vermutlich auf Denunziationen aus den Reihen der Neuen, trug einen um den anderen die konkreten Punkte der Anklage vor; hierauf stieg er langsam von dem Barren herunter, und während er, wiewohl er den Vorgeladenen an Körpergröße überragte, jedes Mal in die Höhe hüpfte, versetzte er diesem mehrere Schläge gegen die Schläfen. Schließlich, um den trotz völliger Passivität nicht Wankenden weiter einzuschüchtern, sagte er in einem tadelnden Tonfall: Deinen Blicken entnehme ich, dass es dich nicht sonderlich rührt, wenn du von einem Oberklässler abgestraft wirst. Auch in gespielte Klagen ausbrechend: So einen als Unterklässler zu haben, Mann, das ist hart, denn am Ende kriegen ja wir die Verantwortung aufgebrummt! Und dabei schlug er abermals zu. Jetzt allerdings fand der Abgestrafte, noch mehr Schläge vertrügen seine Schläfen nicht. Das war an einem Samstag, und da die Neuen am Nachmittag auf dem Sportplatz Gras rupfen sollten, hatte er in seinem Bündel zwischen Lehrbüchern und Kladden eine kleine Sichel stecken. Er bückte sich, zog diese Sichel heraus, und indem er fest den Blick des Bandenanführers erwiderte, der, die Entscheidung aufschiebend, zurückwich und finster auf ihn herunterstarrte, stieß er sich plötzlich die Spitze der noch mit feuchter Erde überkrusteten Sichelklinge tief in die Haut zwischen Daumen und Zeigefinger seiner eigenen linken Hand. Blut schoss hervor, aber das ließ ihn nicht einmal mit der Braue zucken. Dem Anführer mochte er wie einer erscheinen, dessen unbeweglicher Blick aus rätselhaft sanften, obenauf wie mit einer dünnen harzigen Membran überzogenen Augen kam; er selber jedoch war innerlich in einem Zustand der Zerstreutheit bei äußerster Bewusstseinskonzentration, so wie immer die heftigste Rotation den Eindruck von Stillstand erzeugt. Und aus einem ruhigen Grübeln an der Grenze zur Gespanntheit, dazu mit einer so hohen Stimme, dass nur Hundeohren sie zu vernehmen imstande sind, schrie er innerlich, dem ALTEN zugewandt: *Trink dieses Blut, es ist um deinetwillen!* Auf einmal hatte er wieder die Empfindung, dass er, sein ›Klettenschwert‹ an der Seite, zusammen mit den Armeedeserteuren in der hochsommerlichen Provinzstadt auf der Straße am Burggraben, dem Bankgebäude gegenüber, in Bereitschaft ginge und dass es eben jene Sommerschwüle wäre, die ihm einen Schweißfilm auf die staubig fette Stirn trieb.

Soviel von außen zu sehen war, hatte er jetzt die Hand mit der Sichel gesenkt, stand vor dem Bandenanführer, indem er die andere, die verletzte und blutende Hand in einer undeutlichen Geste vorstreckte, so dass nicht auszumachen war, wollte er zuschlagen oder bot er Versöhnung an; sein Inneres indessen formierte sich: klarer werdend in den oberen Schichten des Bewusstseins der eine Teil, unter Trübung in die Tiefe absinkend, doch eindeutig getrennt von den Schichten des Unbewussten, der andere Teil. Woraufhin ihn eine heftige Freude darüber ergriff, dass er, ihm selber völlig unbegreiflich, mit rascher Hand und geschüttelt von einem Impuls aus schwarzer, fiebriger Quelle sein eigen Fleisch verwundet hatte. Eine Freude, die die Bande ringsum natürlich nie verstehen würde, von der aber auch er selbst noch nicht ganz begriff, dass das im Augenblick Empfundene tatsächlich Freude war. Immerhin kalkulierte er – wie der Aderlass durch die Ärzte im mittelalterlichen Europa hatte das durch den Sichelschnitt vergossene Blut eine Reinigung seines Gehirns bewirkt – mit einem durchaus wachen Allerweltsbewusstsein: Der Gegner, der ihn unter Vorteilsnutzung hatte angreifen wollen, war im Vorfeld gestoppt; diesen Gegner aber endgültig und unwiderruflich zu erledigen, das würde er so nicht schaffen. Hingegen brauchte er bei unveränderter Taktik nur Zeit zu gewinnen, und die Schlange im Gebüsch wäre um ihr Opfer betrogen. Denn allerdings hatten zwar die Bande und ihr Anführer mit einem ziemlichen Schock in der Magengegend auf die Tatsache reagiert, dass dieser dreckige Teufel von einem Neuen sich selber eine Wunde beigebracht; doch die Langzeitwirkung des Schocks war nicht abzuschätzen. Sobald ihre augenblickliche, körperlich empfundene Unsicherheit vorüber wäre, hätten sie den Eindruck davon auch schon vergessen, würden sich, ohne irgendetwas begriffen zu haben, rasch erholen und einen neuen Angriff starten. Deshalb dachte er sich einen Plan aus, wie er dem Anführer der Bande als dem Hauptangreifer eine logische Sequenz vorführen könnte, die, weil stark vereinfacht, auch diesem leicht beschränkten Kopf einsichtig sein müsste und an deren Ende sich zudem für ihn selbst ein gesicherter Rückzug ergäbe. Sowie seine Konzeption stand, war das Ganze für ihn nur noch simples Theater, und nichts mehr verwies, schwer wiederherstellbar, auf jenes Schwarze und Fiebrige, das eine Zeitlang in seinem Inneren aufgestiegen war.

Er blickte aufmerksam auf die Spitze der Sichelklinge, schob sodann die blutbeschmierte dem Gegner unter die Nase und schrie im Tonfall heftigster Wildheit: Soll ich dich auch mal in die Hand schneiden? Mag sein, du hast nichts zu sicheln, aber ich lass die meine nicht los, ich kämpf damit. Und verlier ich, schlitz ich mir mit ihr die Kehle auf!

Dabei hob er, allen sichtbar, die blutige Klinge an die eigene Kehle, und sein Gegner, schlagfertig genug, denn weshalb sonst hätte ihn die Bande zu ihrem Anführer gemacht, erwiderte mit einer zotigen Entgegnung auf die wilde Herausforderung, und indem er sich mit einer entsprechenden rückwärtigen Gebärde an seine Leute wandte, erklärte er die Gerichtsverhandlung für geschlossen.

– Sagt doch dieser Strolch, er will mit der Sichel kämpfen, und ich steh' da mit leeren Händen! Droht gar: Er wird sich mit seiner Sichel die Kehle durchschneiden, wenn wir ihn unterkriegen! Na, lassen wir ihn! Bei dem Dreckskerl ist alles umsonst, bei diesem tollwütigen Hund! No rule! Und haut man allzu fest zu – wer weiß, was für widerliche Bazillen man sich bei dem holt!

Unterdessen rannte der so Beschriebene in einem Bogen davon, wobei er, um den ihm soeben ausgestellten Passport der Wildheit zu signieren, rasch noch die Balgbezüge der seitlich aufgestapelten Sprungkisten mit der Sichel aufschlitzte. Der Sportlehrer, der war, wenn schon von Wildheit die Rede ist, nun allerdings ein wilder Mann durch und durch; obwohl man ihm sogleich gesteckt hatte, wer der verbrecherische Sprungkistenschlitzer gewesen war, zeigte er es jedoch der Lehrerkonferenz nicht an. Eines Tages aber, der bewusste Neue wusch sich gerade verbotenerweise am Trinkwasserbecken, kam jener mit ausholenden Schritten, das Gesicht an dem birnenartig eingeschrumpelten winzigen Kopf gerötet, den kurzen Körper in der Haltung eines auf seinen absolut speckfreien Bauch zu recht stolzen Langstreckenläufers, herangeprescht und sagte unter großartigen Gebärden, so dass die etwas entfernten Zuschauer glaubten, jetzt bekäme der Neue seine Standpauke ab: Na, mich wenigstens wirst du nicht herausfordern wollen, was? Soll ich dir mal die verbotenen Jūdō-Griffe beibringen, damit du, wenn du dich wieder mit den Burschen anlegst, nicht gerade dergleichen Schneidewerkzeuge benutzen musst? Sagte das jedoch mit einer sanften, fast kokettierenden Stimme.

So wie man Tiere für wild hält, wurde er, dieser Neue, in und außerhalb der Schule als tiermäßig wilder Mensch verabscheut und verleumdet, und nur der Anführer jener Bande hatte durch die aufgesetzte Wildheit hindurch die Heftigkeit und Stille einer schwer begreiflichen inneren Glut gewittert, beide dicht beieinander an der Rückseite der von ihm demonstrierten Wildheit. Auch schien es, als hätte der Eindruck, es existiere da, bedingt durch das Gefälle zwischen Heftigkeit und Stille, ganz faktisch eine unheimliche Energie, die instinktive Wachsamkeit des Anführers erregt. Also lautete die Instruktion an die ihm ergebene Gefolgschaft: Dieser Kerl ist nicht geheuer, in dem schwärt was wie in einer Pestbeule. Damit war zwischen dem Neuen und der Bande ein kritisch ausbalancierter, noch dazu strikt eingehaltener Frieden hergestellt. Wäre er nur irgendeiner gewesen und durch nichts aufgefallen als durch seine Wildheit – seine zahlreichen Gegner hätten sogleich erfasst, dass sie ihm nur mit Brutalität zu kommen brauchten, um die Überlegenheit zurückzugewinnen: augenblicklich keuchend unter der Last, als die ihn dann reziprok zu ihrem absoluten Wert die eigene Wildheit hätte bedrücken müssen, wäre er unter ihren Schlägen zusammengebrochen. Was indessen der Anführer in ihm gewittert hatte, war etwas derart Unbegreifliches, so dass er ihn für völlig unüberwindbar hielt, wie immer sich die Mitglieder der Bande auch anstrengen würden. Weshalb die Bande sich für den Kompromiss entschied: Man verachtete den Kerl als Wesen, widerwärtig wie der Gott der Aussätzigen, und tat, als sähe man ihn nicht.

An dem Tag, an dem er sich mit der zum Grasrupfen benutzten Sichel in die eigene Hand geschnitten hatte, waren die Schmerzen schließlich so gewaltig geworden, dass er sie, wenn er nicht laut losbrüllen wollte, kaum noch ertrug. Sooft er das Blut abwischte, machte die Wunde einen Eindruck, als quölle aus ihr eine Mischung aus Dreckpartikeln und weißem Fett, und obwohl er wieder und wieder wischte, das Blut floss weiter. Das alte Fahrrad, das er für den Schulweg besaß, war ein Modell Nr. 8 (unklar, nach welcher Norm gerechnet), die Leute im Tal sprachen abgekürzt vom ›Achter‹; zwar war es für ihn – bei seinem kleinen Körperwuchs – auch im ersten Oberschuljahr noch viel zu mächtig, indessen war er schon seit Jahren darauf herumgerast, hatte es bereits halbwegs zu Tode gefahren und benutzte es ständig. Als er jetzt hinter den Sportgeräteschuppen ging, wo er es abgestellt hatte, konnte er sich, so groß war der Blutverlust, kaum auf den Beinen halten, geschweige schaffte er es, das hohe Fahrrad zu besteigen. Mit stoischer Ruhe darauf bedacht, dass er das Rad nicht umrisse, nahm er seine Hände von der Lenkstange, dann fiel er taumelnd auf den feuchten, lehmigen Erdboden, der in dünnen Flecken mit grünem Moos überzogen war, so grell, dass ihm davon die bis zum Herausfallen aufgerissenen Augen weh taten, ein Anblick, nicht unähnlich den Aderngeschwülsten, die sich dereinst in seinem fünfunddreißigsten Jahr auf seinem leberkranken Leib bilden sollten. Um irgendwie doch wieder hochzukommen, warf er sich hin und her, hielt er mit der verletzten Hand eine dicke Giftkrautwurzel umklammert, brach aber endlich in ein langes elendes Stöhnen aus und blieb, wie er gefallen war, erschöpft liegen. Mit seinem einen, dem drei Zentimeter über dem Boden schwebenden linken Auge sah er dem Blut zu, das noch immer aus der Hand rann und um die Giftkrautwurzel zu versickern begann; dabei überkam ihn ein wahrhaftig friedliches, ja ein produktives Gefühl, und betroffen gewahrte er eine andere in ihm angelegte Wildheit, die an die ihm gerade zuvor bewusst gewordene Wildheit nahe herankam. Nicht nur vor Schmerzen, auch vor Scham wie in sich verkrochen, redete er wieder mit dem ALTEN. *Trink dieses Blut, es ist um deinetwillen!* rief er ihm zu. Eine Gruppe von anderen Neuen, ebenfalls Fahrradschülern, hatte sich um den Gestürzten versammelt und beobachtete ihn neugierig und angeekelt, zu nichts verpflichtet, als gäbe es einen vor Hunger krepierenden Hund zu begaffen. Und keiner, der für ihn zum Krankenrevier gelaufen wäre.

– Das Kraut da braucht man als Medizin, deshalb hat er die von der Sichel verletzte Hand an die Wurzel gepresst. Wilde Tiere, wenn sie eine Wunde haben, machen es alle so. Es hat sogar Hirsche gegeben, die sind in die heißen Quellen gestiegen, damit ihre gebrochenen Knochen wieder heilten. Erklärte zu alledem einer von ihnen den Umstehenden. Das war der Arztsohn aus dem Tal hinterm Wald, ein Neuer mit Aussicht auf ein Prädikatsexamen. Als sich aber der Daliegende plötzlich doch hochrappelte, stoben sie davon, der Arztsohn an der Spitze.

Immerhin war es ihm auf solche Weise gelungen, in der Neuen Oberschule seine ganz persönliche Art zu leben durchzusetzen. Zugleich hatte er die entscheidende Entdeckung gemacht, wie es sich in einem realen Alltag, in dem die anderen nicht beengt waren durch die vom ALTEN aufgeprägten Traumen, leben ließ, also in einem Leben überall außerhalb des Tals. Von da an und bis ihn mit fünfunddreißig schließlich der Teufel des Leberkrebses gepackt, hat er sich niemals von jener Lebensweise abgewandt, die er an dem Tag entdeckte, nachdem er sich mit der Sichel in die Hand geschnitten hatte. Ja, bei genauerer Überlegung findet er tatsächlich einen Sinn darin, dass die jetzt auf seinem Leib sichtbar werdenden Aderngeschwülste eine Ähnlichkeit aufweisen mit dem Moosmuster auf der Erde, auf der er, der Gestürzte, ruhte, während so viel Blut aus seinem kleinen Körper rann. Dann hätte ich also damals dagelegen als eben der, der sich nun auf der Schwelle des Todes befindet, und das Blut wäre mir gleichsam über diese von Aderngeschwülsten bedeckte Brust geflossen?

So hat das der Herr Doktor nicht gemeint, sondern viel direkter. Interveniert, wenn auch zurückhaltend, die von seinen nicht enden wollenden Erinnerungen ermüdete Protokollantin. Viel direkter? Nämlich wie? Da müsste ich schon, weicht sie ihm aus, den Herrn Doktor fragen, so genau weiß ich es nicht. Worauf er mit einiger Verdrossenheit reagiert. Ich glaube nicht, dass du auch nur ein Hundertstel von dem, was ich dir in diesem Teil diktiert habe, meint er herausfordernd, wirklich hingeschrieben hast. Im Gegenteil! Wehrt sich die Testamentsnotarin. Ich habe alles ganz genau protokolliert, habe kein Wort, keine halbe Zeile weggelassen. Je länger du freilich mit solcher Leidenschaft erzählst, desto weniger begreife ich, woher diese Leidenschaft rührt. Das stimmte so nicht? Dann bitte ich dich, erkläre dich deutlicher. Sagt sie.

3.

Eben war ich beim Herrn Doktor und habe mit ihm gesprochen. Berichtet die Testamentsnotarin. Es bereitet ihm Unbehagen, stört seine Stimmung, dass der Kopf der Protokollantin in jener realen Welt lebendig tätig ist, während sein Kopf, der doch eigentlich einzige Erzähler, eine Ruhepause macht. Was hattet ihr denn zu bereden? Hoffentlich ging es nicht darum, dass mir das Morphium gesperrt werden soll. Sagt er, und sie: Der Herr Doktor hat dich neulich deshalb nach deinen vielen Narben gefragt, weil er feststellen wollte, ob bei dir eine Bereitschaft zum Selbstmord besteht. Wäre das der Fall, müsste eine umschichtige Nachtpflege eingerichtet werden. Sagt die Testamentsnotarin. Er, von einer nur sekundenlangen, aber heftigen Gespanntheit befreit, lacht los, und das ist ein Lachen, das ihm ›hahaha!‹ in den eigenen Ohren klingt, und von dem er begreift, dass er noch nie in seinem fünfunddreißigjährigen Leben so gelacht hat, ein Lachen, wie es allerdings der junge amerikanische Freund jüdischer Herkunft, ein mit seiner Familie eng vertrauter Harvard-Absolvent, immer dann und statt eines Protestes anschlug, wenn man ihn in einer peinlichen Situation ertappte, eine Art des Lachens kurzum, unmittelbar benachbart dem eigentümlich nervösen Gelächter aus Selbstironie. Selbstmord?! Hahaha! Ausgerechnet jetzt, wo ich, meinen Krebs umklammernd, daliege in einer Ferne, wie sie von einem Selbstmordverlangen entfernter nicht zu denken ist! Ruft er aus und versucht sich dabei zunächst einmal selber an dieses Lachen zu gewöhnen, von dem er den Eindruck hat, es durchzucke das Zentrum seines Kopfes, während die Testamentsnotarin ihrerseits um so deutlicher gewisse Zweifel erkennen lässt an diesem neuartigen Lachen. Natürlich hat er kein anhaltendes Interesse an den Reaktionen derer, die das Bett umstehen. Weil er jedoch Atem braucht fürs Diktat, bemüht er sich schließlich, das Lachen zu unterdrücken. Trotzdem sind von ihm für eine Weile noch winzige Geräusche zu vernehmen: als ob klein wie die Ameisen die Alphabetbuchstaben h-a-h-a-h-a über seine Lippen gekrochen kämen.

Wenn er sich vorstellte, er würde sich in diesem Augenblick an seine Mutter wenden und ihr feierlich erklären: Selbstmord werde ich nun also nicht begehen, und dennoch beginnt für mich das Ziel jeden Selbstmords in greifbare Nähe zu rücken, so spürte er dabei, wie – zwar gegenläufig zu der ihn immer schneller zerstörenden *Krebs-Vitalität*, aber erfüllt von der gleichen Menge an Bewegungsenergie – eine Kraft des Lebens überreich zumal aus der Gegend um seine fiebrige, juckende Leber heraufquoll. Nein, Mutter, ich muss es nicht mehr zum Selbstmord treiben, so viel Mühe brauche ich nicht mehr aufzuwenden, um dich auch so mit Leichtigkeit zu überholen und trotzdem in jeder Hinsicht in Übereinstimmung mit Gesetz und Moral zu sterben! Es klang das wie eine musikalische Melodie, die einem, wie oft man sie auch selber vorträgt, durch das Mithören in den eigenen Ohren eine immer wieder neue und starke Erregung vermittelt. Tatsächlich hatte er diese Erfahrung mit der Musik der eigenen Worte bereits ungezählte Male genossen. – Einmal, Mutter, gegen Ende der Oberschulzeit hast du mich zusammengeschlagen, hast mich, als ich am Boden lag, verhöhnt: Kerl, was bildest du dir eigentlich ein?! Dass ich allein aus dem Blick, mit dem du mich angefunkelt, begriff, ich konnte flüchten, wohin auch immer, niemals käme ich wirklich frei; die innere Kraft, davonzugehen in eine neue Welt als ein neuer Mensch, du hattest sie in mir zerbrochen. Und warum das alles? Nur weil du damals dahintergekommen warst, dass ich vorgehabt hatte, mich selber umzubringen. Kurz zuvor, da hatte mich einer beim Onanieren erwischt, schlimmer noch: Er hatte gemacht, dass ich vor Scham zu vergehen meinte, indem er – schau, der Affe wichst sich einen ab wie du! – einen gleichfalls onanierenden, vom Alter kahlfleckigen und eingefallenen, verdreckten Zwerg von einem Japan-Affen, dem körperlich und im Bewusstsein nichts als das von Machtkämpfen verletzte, verkrüppelte Ding geblieben war, geschickt so einfing, dass er ihn gewissermaßen auf mich richtete. Ja, und du? Wie bist du mit mir verfahren? Hast du nicht alles getan, um mir zu verstehen zu geben, dass es dir gegenüber gemein und schamlos wäre, wenn ich mich, dir vorauseilend, selber umbrächte? Hast du mich nicht die ganze Zeit deinen hartnäckigen Verdacht spüren lassen, ich hätte wohl noch nicht richtig verstanden? Und hast du nicht mein Testament, das sie dir in der Nachbarstadt bei der Polizei zeigten, einfach geklaut? Wenn du wie früher immer wieder behauptest: Oh, ich bin nicht wie du, ich bin keine Diebin – selbst angenommen, die Polizei hätte dir als der Sorgeberechtigten meine Aufzeichnungen leihweise überlassen, sie waren doch mein Eigentum, so dass du sie allerdings dem rechtmäßigen Besitzer gestohlen hast. Außerdem bist du damit auch noch in das Kopierzimmer der Neuen Mittelschule im Tal gelaufen, hast eigenhändig Abzüge davon angefertigt und sie meinem Lehrer und den Klassenkameraden in der Oberschule geschickt. Hast, um doppelt, ja dreifach Schande auf mich zu häufen, durch ein jeweils hinzugefügtes ›So laut Manuskript‹ einen kalligraphischen Kopierdruck daraus gemacht, damit ohne Erbarmen deutlich würde, wie sentimental und manieriert sich das Bewusstsein eines Oberschülers artikuliert, der im Begriff ist, Selbstmord zu begehen; auch wie viele kindische Fehler in der Orthographie ihm bei einer so unausgegorenen Testamentsniederschrift von nur wenigen Seiten unterlaufen. Nachdem ich davon erfahren hatte und vor Scham und Wut schon buchstäblich dem Irrsinn nahe protestierte, hast du mich, ohne ein Wort zu erwidern, nur mit funkelnden Augen angestarrt, und am nächsten Tag stand auf einem Zeitungsrand in Bleistiftschrift, die – es war ein Stift mit stumpfer, keineswegs aber weicher Mine gewesen – nur dann lesbar war, wenn das Licht von der Seite her darauf fiel, oder man hielt umgekehrt die Zeitung schräg: *Weder hast du ein Recht noch einen Anspruch darauf, das zu tun, auch fehlt es dir dafür an Überzeugung.* Das hat mich derart aufgebracht, dass ich nahe an einem epileptischen Anfall war. Erinnerst du dich? Da es mir misslungen war, mich zu erhängen, hatte sich bei mir eine zunächst nur undeutliche Vorstellung davon entwickelt, wie du mich verhöhnen und zurechtweisen würdest. Als es dann tatsächlich und auf die Weise geschah, dass du mich mit Hilfe eines solch infamen, familieninternen Hinterhalts zum Gespött machtest, geriet ich deshalb in einen Zustand, in dem sich, ich brauchte fortan bloß an Selbstmord irgendeiner Art zu denken, mein objektiv prüfendes Bewusstsein ganz auf die eigenen Verletzlichkeiten und Blässen konzentrierte, und so wurde der Selbstmord für mich zu einem so gut wie unpassierbaren Hohlweg. Das wusstest du natürlich und hast da hinten im Tal still vor dich hingelebt in der Hoffnung, damit hättest du mich für immer in Ketten gelegt. Doch nun auf einmal kehrt sich das Ganze um, jetzt schaffe ich es, ohne Selbstmord zu begehen, einfach indem ich faul im Bett liege, und ich werde frei. Das kommt daher, dass mein eifriges Hündchen Cancer rastlos Tag und Nacht und unverdrossen dabei ist, meine Leber in einen Steinbrocken von beachtenswerter Größe zu verwandeln! Bedränge du meinetwegen den heiligen O-Kōshin auf jenem inselgleichen Hügel im Tal, rufe diese buddhistisch-taoistische Mischgestalt, dieses typisch japanische Konstrukt um Beistand an, diesen Beschützer unserer Familie seit ungezählten Generationen – gegen die Macht meines Hündchens wird mit deinen Waffen nichts auszurichten sein, das glaube mir!

Willst du damit andeuten, nicht erst jetzt seiest du weit entfernt von jener Möglichkeit zum Selbstmord, sondern hättest auch früher nie dergleichen begehen wollen? Und hierauf er, nachdem er noch einmal eine Weile hahaha! gelacht, dann aber, wie von einer Art Pflichtgefühl getragen, da ja doch nach seinem Diktat die Testamentsnotarin die Dinge genauer niederzuschreiben habe: Oh, vermeide bitte solche Vereinfachungen! Sagt er. Denkbar immerhin, mir wäre ein früherer Selbstmordversuch, dessen Bedeutung zu dem Zeitpunkt sogar mir nicht recht klar gewesen, planmäßig geglückt – da hätte ich, natürlich eher unbewusst, meine Mutter damit hereinlegen können.

Von klein auf ein geschickter Radfahrer, war er nur ein einziges Mal, zu Anfang seiner Mittelschulzeit, gerade dass er sich mit einiger Mühe auf den Sattel des großen Fahrrads zu schwingen vermochte, gegen das mit grobem Glimmersplitt verputzte Betongeländer geprallt, das die große Brücke am Ausgang des Tales säumt. Das Vorderrad schoss genau in einen Geländerschlitz hinein, und da im selben Augenblick seine Unterschenkel das Fahrrad fest umklammert hielten, kam er damit davon, dass er mit Brust und Kinn auf das Geländer aufschlug. Hätte sich dieser mit einer geringen Wahrscheinlichkeitsquote ausgestattete Zufall nicht ereignet, wäre er, ein Kind noch, zweifellos mitsamt seinem Fahrrad in hohem Bogen über das Geländer geflogen, hätte im Fallen an den aus der Felswand ragenden stämmig dicken Hundsfeigenbüschen die verkrüppelten Blattspitzen, die mit einer Spur armseligen Honigs gefüllten Früchte rauschend gestreift und sich im Flussbett an den von Sprengungen geschärften Steinkanten zu Tode gestürzt.

Der gesamte Unfallvorgang blieb ihm ins Gedächtnis eingeprägt wie ein in Zeitlupe gedrehter Dokumentarfilm: aufgeteilt in kleinste, noch die Sekunden zerlegende Intervalle. Da zudem aus dem weichen, feuchten Mark der Erinnerung das ihm damals zwar unerklärliche, doch unerklärt so belassene süße Gefühl totaler Anspannung samt der darin eingebetteten düsteren Teile leicht wieder heraufzuholen war, kam er auffällig oft auf diese Erinnerung zurück. Einmal spät nachts, er war schon Oberschüler, entdeckte er plötzlich: Damals, drei Jahre zuvor bei der Raserei mit dem Fahrrad, hatte er Selbstmord begehen wollen; weil er aber fürchtete, es könnte, wenn er sich das im Voraus bewusst machte, ein anderes Bewusstsein tätig werden, um dies zu blockieren, hielt er sein in die Tat ausscherendes Ich in einem nebelhaften, vom Nichtbewusstsein ununterscheidbaren Zustand, ja, er fand, er sei durchaus vorsichtig losgefahren. Mit zunehmender Geschwindigkeit war das Fahrrad die zur Brücke führende, kurvenreiche Gefällstrecke hinuntergerast; wieder und wieder hatte ihm sein Bewusstsein gesagt: Tritt auf die Bremse! Reiß den Lenker herum! – sein Körper jedoch, in wohliger Betäubung, war unempfindlich gewesen für jede Warnung, und er selber hatte mit der größten Gelassenheit erkannt, dass das Fahrrad so gegen das Geländer prallen musste. Als er den wahren Sinn dieser Aufspaltung in Körper und Bewusstsein begriff, bedeutete das für ihn eine erschreckende Entdeckung; doch sowie ihm die unkomplizierte Struktur des Ganzen einmal klargeworden war, hatte er den Eindruck, sein drei Jahre darauf unternommener Versuch, sich zu erhängen, sei wahrhaftig nichts anderes gewesen als die theatralische Imitation eines Selbstmords.

Diese Entdeckung machte er, ganz allein, einen Monat nach jenem zweifelhaften Selbstmordversuch, und wenn sie einen Sinn hatte, so den, dass er damit freiwillig vor dem von seiner Mutter zuvor bewiesenen Scharfblick kapitulierte. Deutlich wurde ihm sein Versagen bewusst; plötzlich begann der eigentlich grundlose Zorn gegen alles, was ihm seine Mutter in dem einen Monat seit dem Selbstmordversuch vorgehalten hatte, erneut aufzulodern, in umso schwerer erstickbaren Flammen, als er selbst von der Grundlosigkeit überzeugt war. Er schlief, der ALTE war ja nicht mehr da, allein im Speicher; dort füllte er sich jetzt den zinnernen Messbecher mit Äthylalkohol, den er irrtümlicherweise statt Methylalkohol aus dem naturwissenschaftlichen Depot der Oberschule gestohlen hatte, trank das Zeug hinunter und schlich dann, das spitze Messer in der Faust, an das Lager seiner Mutter, die im Haupthaus in der Küche, zwischen schwarzverrußten Balken ein noch schwärzeres Bündel, mit über den Kopf gezogener Bettdecke schlief. Während er jedoch, der betrunkene Junge, wie um im nächsten Augenblick von dem rasch zunehmenden Rausch ganz in sich zusammenzufallen, vor sich hin stammelte: *Noch lebt der Oberkiefer, und die Zunge, sie bewegt sich*, und mit dem Gefühl der Überflüssigkeit dieser schäbigen Komödie ins Grübeln verfiel, stieß er gleich darauf die folgenden Sätze hervor:

– Hör zu, Mutter, wir beide, die wir als Einzige auf dem Speicherhof übrig geblieben sind, wir müssen uns heimlich zusammentun, wir müssen eine Menge Kinder machen, und sollte eines, weil's aus einem Inzest stammt, nicht normal sein, so erdrosseln wir's, solange es noch blau ist, denn nur die, die ringsum gesund sind, die lassen wir am Leben. Wir müssen für reichlich Nachkommen sorgen! Zum Ausgleich dafür, dass sie unseren ALTEN erschossen haben!

Dabei war ihm, als verwandelte er sich – mit nichts sonst vergleichbar, und zöge er sein ganzes fünfunddreißigjähriges Dasein in eines – in einen ungeheuren Strudel aus Faszination und Entsetzen, in den Strudel schlechthin. Meinte er, am Boden seines kurzgeschorenen Kopfes sei ein Loch aufgegangen, die Welt seines Bewusstseins verdunkelnd, alles Blut sei durchs ausgehöhlte Genick herausgequollen, und sein Rumpf, dieser zusätzlich durch den Blutstrom zu quirlenden Wogen aufgewühlte Rumpf habe begonnen, sich mit einer Gewalt zu bewegen, nicht als ob er einzeln alle viere bewegte, nein, als ob er vielmehr Arme aus der Brust, als ob er ein neues Glied hervortriebe aus dem Bauch und wäre unmöglich unter Kontrolle zu halten …

Ja. Sagte die Mutter. Bei ihm ist, als er drei war, der Wahnsinn ausgebrochen, und seitdem blieb es dabei. Nach dem Tod des ALTEN hat sich die Tollheit zwar verschlimmert, wichtig aber, dass es schon angefangen hat, da war er noch ein kleines Kind. Und weil seine Mutter zum ›Beweis‹ hierfür eine Begebenheit schilderte, von der sie oft und mit einem Ausdruck der Verachtung und Bosheit sprach, begann er sich einzubilden, er selber, das Kind, habe sich dies von Anfang an und aus eigener Kraft ins Gedächtnis eingeprägt. Es war also eine Begebenheit, deren er sich als seines eigenen Erlebnisses noch heute bis ins Detail und in allen Nuancen deutlich zu erinnern vermag.

Auf seine kleinen Hände blickend, steht er, das Kind, starr da, nicht nur unfähig, sich zu rühren, sondern die zarten Muskeln sämtlich hart versteift. Und er blickt auf seine Hände jetzt, auf diese nach den Sätzen der geometrischen Ähnlichkeit aus den Kinderhänden von damals vergrößerten, aus Ursache der Leberverhärtung blutroten Hände, indem er sprunghaft phantasiert: Da sitze er, der Fünfunddreißigjährige, auf der inneren Time-machine, die aus den tieferen Abschnitten seines Bewusstseins eben jenes im Tal hinterm Wald unter hochsommerlichem Himmel erstarrte Kind reproduziert, und sowie er, an die Seite des verschreckten Talkinds zurückgekehrt, die steifen kleinen Schultern umfängt, verlieren seine Hände, die Hände dieses seines gegenwärtigen Ichs, ihre blutige Röte. Da er nun freilich von dem sehnlichsten Wunsch erfüllt ist, auf dem Gipfel der durch den Krebs herbeigeführten Leberverhärtung qualvoll zu sterben und so seine Mutter für immer hereinzulegen, bedarf es hierzu in Wahrheit noch nicht einmal irgendeiner Time-machine.

Er, das Kind, bemerkt: unheimliche und fremde, grausige ›Kerle‹ sind die Hände dieses gegenwärtigen Ichs, und dass sich die sonderbaren ›Kerle‹ nicht abschütteln lassen, gerade das macht ihn unfähig, sich zu rühren. Weich wie er ist, erblasst er sogleich, ein dünner, milchiger Schweiß rinnt ihm aus den zusehends einsinkenden Hautfalten in die Augäpfel, er verdreht die Pupillen. Seine Mutter, damals Anfang dreißig und (sie ist lange Jahre in China aufgewachsen) schön in ihren Bewegungen wie die anderen im Tal sonst nicht, streckt ihre eigenen Hände aus:

– Schau her! Das sind dieselben, sind auch Menschenhände! Versucht sie ihn zu beruhigen.

In dem Augenblick drängen die unheimlichen, die fremden, die grausigen ›Kerle‹ auf ihn ein, dass ihnen nicht zu entkommen ist, und haben sich noch dazu verdoppelt! Da schreit er, das Kind, fast, als erstickte er an dem Schrei. Gleichzeitig mit leiser Stimme schreit er als der Fünfunddreißigjährige denselben Schrei, erschlafft, erschöpft von einem unerklärlichen Glücksgefühl.

Schreit er, hast du diktiert, mit leiser Stimme – doch was heißt das? Und er hierauf: Dein bedeutungskritischer Verstand scheint recht ausgeprägt zu sein. Sagt er. Gemeint habe ich lediglich: Er versucht mit leiser Stimme so zu tun, als schreie er. Wolltest du aber nicht eigentlich fragen, ob es denn zutreffe, dass ich mit drei Jahren verrückt geworden bin? Nun, bei einem Vergleich zwischen mir und meiner Mutter würden zumindest die Leute im Tal nicht gerade behauptet haben, ich wäre ›noch verrückter‹. Sagt er.

Einmal las er heimlich in einer alten Kladde das von seiner Mutter dort eingetragene Gedicht:

Sollte aus Zufall
irgendwer nach mir fragen –
hin über den Sund
blas ich das Seufzersegel
ja sagt ihm ich sei nicht da

Zu jener Zeit war sein Bildungshorizont noch reichlich beschränkt, jedenfalls vermochte er nicht herauszufinden, woher dieses Gedicht stammte (wenn es denn dafür eine Quelle gab) oder ob am Ende seine Mutter selbst es verfasst hatte. Natürlich wäre es schrecklich und zudem beschämend gewesen, hätte sie, seine Mutter, herausbekommen, dass er heimlich in ihrer Kladde las. Aus dem gleichen Grund auch unterließ er es, andere als die zufällig aufgeschlagenen Seiten in der Kladde auszuspähen; dabei meinte er in der Tiefe der Imagination, aus der dieses Gedicht hervorgegangen sein musste, etwas Wildes und Vulgäres, etwas Schamloses zu spüren, ja er würde es sogar als lüstern bezeichnet haben und war überzeugt, das von seiner Mutter mit solchen Eigenschaften in seinen Körper übergegangene Blut werde ihm, stimuliert durch das Gedicht, ein Nesselfieber bescheren. Damals war es ihm vor allem darum zu tun, sich durch die Flucht an einen geographisch möglichst weit entfernten Ort der Kontrolle seiner Mutter zu entziehen, daher wollte er an die Universität in Tōkyō gehen, an der die Einschreibegebühr nur wenige hundert Yen betrug und nach Erledigung der Aufnahmeformalitäten sofort Gebührenerlass und Stipendium beantragt werden konnten. So las er für die Aufnahmeprüfung in Englisch eine Masse Paperback-Kriminalromane. Dergleichen Taschenbücher gehörten wie die Spargelkonserven und die ebenfalls in Dosen verpackte Butter zu den für die meisten Talbewohner wertmäßig eigentlich gar nicht existenten Dingen, die im Herbst 1945 die über den Wald herüber mit ihren Jeeps ins Tal eingerückten Besatzungstruppen nach einer kurzen Zeit der Stationierung zurückgelassen hatten. Eines Tages, man hatte ihn geholt, um den Speicher beim Bürgerhaus aufzuräumen, und er war allein, entdeckte er die Bücher und machte die Erfahrung, dass er, selbst mit dem wenigen, was er auf der Oberschule an Sprachkenntnissen erworben hatte, seine vorhandenen Fähigkeiten an ihnen tatsächlich erweitern konnte. In einem dieser Taschenbücher ging es um die Ermordung eines zurückgezogenen, in London lebenden Elfenbeinhändlers, wofür man eine bestimmte Art von Bienen einsetzte, die in Afrika lediglich in einem eng begrenzten Gebiet von der Elfenbeinküste aus landeinwärts vorkommt. Den ersten Stich einer solchen Biene überlebt das Opfer unter den heftigsten Schmerzen, sobald der Mann jedoch zum zweiten Mal von einer Biene derselben Rasse gestochen wird, hat der Bedauernswerte unausweichlich den Tod zu gewärtigen.

Von dem von seiner Mutter ererbten Blut war in ihm, das spürte er, ein Rest geblieben, den er nicht loswurde, wie sehr er sich auch, um sich selbst zur Ader zu lassen, aus freien Stücken in Kämpfe einmischte oder, als genügte das nicht, gar Verletzungen beibrachte mit eigener Hand; der Rest eines Blutes, dessen Wirksamkeit durch das Gedicht (es war wie bei jenem Bienengift) nach langer Latenz plötzlich reaktiviert werden konnte. Nicht dass er sich dieses Zustands mit letzter Klarheit bewusst gewesen wäre. Doch gerade deshalb musste das die Ursache dafür sein, dass er es nicht fertigbrachte, dem durch das seltsame Gedicht ausgelösten Nesselfieber zu entgehen. Sehr viel später hatte er einmal ein Verhältnis mit einer Filmschauspielerin, die bei Kriegsende als junges Ding aus Peking repatriiert worden war; mit ihr erreichte sein Gedichtsnesselfieber die höchste Flutmarke.

Wenn ich sage, ich hätte was mit einer Filmschauspielerin gehabt, hältst du das wohl für eine elende Aufschneiderei, oder? Aber in diesem Falle muss die Partnerin einfach eine Schauspielerin gewesen sein. So gewinnt die vergangene Realität an Bestimmtheit. Will sagen: anders kann es sich gar nicht verhalten haben. Sagt er, um sich zu rechtfertigen. Nur zeigt sich die Testamentsnotarin keineswegs davon beeindruckt.

Das war kurz vor dem Ende ihrer Beziehungen, mitten im Geschlechtsakt.

– … *hin über den Sund / blas ich das Seufzersegel.* Ein ziemlich obszöner Ausdruck, kommt mir vor. Nur das rufst du mir noch zu, im übrigen bist du schon nicht mehr bei mir. Brach die Schauspielerin in Vorwürfe aus. Wollte sie ihn (und dabei hatte er gar nicht bemerkt, dass er das Gedicht vor sich hin gemurmelt) aushorchen über den Sinn dieser Zeilen. Hätte sie offensichtlich das ›Obszöne‹ darin gern mitgenossen.

Doch im selben Augenblick zog an seinem erschlafften Hirngewölbe das Gewitter auf, schoss ein knatterndes Feuerwerk in die Höhe, drehte wilde Wirbel, um dann (bis zum Orgasmus, urteilte er, bliebe noch eine Zeit beschwerlicher Strapazen) hinabzustürzen in den in seiner Nacktheit in die Genitalien der Geliebten eingedrungenen Penis, woraufhin er mit einem unbestimmten Lächeln, er allein, ejakulierte. Nach dieser Erfahrung hatte er, sooft er sich mit der Geliebten vereinigte, das bedrückende Gefühl, er bräche ein Tabu, und es schmerzten ihn, unerfindlich warum, von jedem Verkehr die Hoden, als würden sie ausgepresst, doch das war nicht vor Erschöpfung. Da der Schauspielerin schon der bloße Gedanke, ein Mann könne beim Geschlechtsverkehr mit ihr etwas anderes als die vollkommenste Süße empfinden, Entsetzen bereitete, als erblickte sie darin ein Vorzeichen für das drohende Ende ihrer Starkarriere, blieb ihm nichts übrig, als sich von ihr zu trennen. Noch Jahre später, zufällig sah er sie im Mitternachtsprogramm des Fernsehens in der Rolle einer Gutsherrin, wandte er sich schaudernd um, weil ihm war, als hätte er hinter sich das Phantom seiner Mutter bemerkt.

Bereits gegen Ende des Krieges hatte er, ein Kind damals, ein Knabe, aus den kurzen, hasserfüllten Zänkereien zwischen dem ALTEN und seiner Mutter gewisse Dinge aufgeschnappt; es schien, dass sie mit einer Affäre zu tun hatten, in die 1912 sein Großvater mütterlicherseits verwickelt gewesen war, über die offen zu reden man sich während des Krieges allerdings vorsehen musste. Doch seine Mutter von sich aus hatte nie genauer darüber gesprochen, und da sie nach dem Tod des ALTEN ein um so tieferes Schweigen wahrte, fand er keine Möglichkeit, sich aus der Familie heraus darüber Klarheit zu verschaffen. Seine Mutter war auf dem chinesischen Festland aufgewachsen, in Japan besaß sie keinerlei Verwandte. Einmal, er war noch sehr klein, erschien ein junger Mann aus der Präfektur Wakayama, der sich als Mönch vorstellte; er wollte die Mutter besuchen, wurde aber mit der Entschuldigung abgewiesen, der ALTE sei in die Mandschurei abgereist. Vermutlich war da ein Zusammenhang gewesen mit jener so geheim gehaltenen Geschichte. Als nach dem Krieg das stattfand, was man des ›Mensch-Kaisers‹ gnädigste Landesbereisung nannte, fuhren auch viele Schüler und Lehrer der Neuen Mittelschule zur Bewillkommnung in die Provinzstadt; er hatte natürlich nicht das Fahrgeld dafür, aber auch davon abgesehen, zeigte er kein besonderes Interesse, sich von dem inzwischen in den dunkelsten Winkel seines Bewusstseins eingesunkenen, abstoßend magnetisch wirkenden Begriff des ›Mensch-Kaisers‹ vorwärts drängen zu lassen, als der Klassenlehrer ihn zu sich rief, um ihm mit gespielt freundlicher, heiserer Stimme zu erklären: Du kannst da tatsächlich nicht mitfahren. So direkt hatte er das seiner Mutter nicht weitererzählt, dennoch ging sie einige Tage darauf ins Lehrerzimmer und beschwerte sich. Seit diesem Vorfall pflegte ihn der Klassenlehrer völlig zu übersehen. Deshalb zumindest hätte er seine Mutter fragen können: Worüber hast du dich eigentlich beim Lehrer beschwert? Doch nein, er tat es nicht. Und das nicht nur aus Furcht vor ihrem spöttischen Schweigen auf seine Frage.

Er ahnte im Voraus, wie sie in ihrer Rechtlichkeit sich in dieser Sache verhalten würde. Seit den Kriegsjahren gab es im Hause nicht das Geringste mehr, das Bezug gehabt hätte auf das Kaiserhaus, auch das als Beilage zu einer Zeitschrift veröffentlichte Porträt des Meiji-Tennō war verschwunden. Ja, selbst er in seinem kindlichen Verstande wusste, dass das in keinem anderen Haus im Tal so war, und er hielt es nur insofern für merkwürdig, als doch der ALTE ein Mann mit besonderen Beziehungen zu den Militärs gewesen war, ein Mann, der sich stets für die Bewahrung des ›Nationalen‹ eingesetzt hatte.

Das Folgende ereignete sich während der ersten Hälfte des Krieges, als der ALTE bereits in der Mandschurei war, die Familie aber ihre einflussreiche Position innerhalb der Talgesellschaft noch innehatte. Die Frau des Dorfschulzen, des ALTEN Nachfolgers im Amt, war gekommen, ihre eben eingeheiratete Schwiegertochter vorzustellen, und dabei protzte sie:

– Die Eltern von ihr haben daheim im Garten eine Jujube gezogen, die konnt' ihnen *ein adliger Schenker verschaffen.*

Er hatte das nicht unmittelbar miterlebt, vermutlich beruhte seine Erinnerung an diese im Tal rasch zur Legende gewordene Episode auf dem, was man davon nicht etwa deshalb herumerzählte, weil er der leibliche Sohn der Hauptfigur der Legende gewesen wäre, sondern damit es ganz allgemein der jungen Generation im Tal zur Belehrung gereichte. Jedenfalls soll, mit einem Hieb gegen den Kansai-Akzent der Schulzenfrau, seine Mutter hierauf gekontert haben:

– Sie meinen, nehme ich an, einen Kaki- und keinen Jujubenbaum. Wenn ich Sie recht verstanden habe: *ein altes Geschenk vom Affen* – da kann es sich ja nur um einen lausigen Kaki-Kern gehandelt haben!

Er hatte diese Geschichte unterwegs gehört, beim Abendessen dann fragte er seine Mutter: Warum hast du bloß so was gesagt? Aber sie, die wie stets im gedielten Teil der düsteren Küche auf dem Ehrenplatz saß, ging mit keinem einzigen Wort darauf ein, lediglich einen funkelnden Blick warf sie ihm zu, als könnte eine solche Frage nur einem sich ungebührlich aufführenden Fremden über die Lippen kommen.

Und tatsächlich waren es, erinnert er sich beim Blick zurück auf sein nun zu Ende gehendes fünfunddreißigjähriges Leben, diese funkelnden Augen seiner Mutter gewesen: unter allen ihm begegnenden Augen diejenigen, von denen am übelsten Zurückweisung und Verdächtigung ausgegangen, durch die – hatten sie ihn erst einmal angeblitzt – die zerbrechlichen Wurzeln seiner menschlichen Existenz zusammengetrocknet waren wie von der Sonne versengte Pflanzenwürzelchen, so dass er es einfach nicht mehr fertig gebracht hatte, arglos und unschuldig zu erklären, er sei schließlich auch ein Mensch. Als er auf der Universität beim Studium der französischen Philosophie auf die Vorstellung gestoßen war, der Mensch sei von Anfang an und durchweg eine unglückliche Existenz, hatte er ganz automatisch begriffen: Das ist die Wahrheit, ihrer hat er sich bewusst zu sein, solange ihn jene mütterlichen Augen bewachen. Und seine Happy days? Ah, das waren Tage gewesen, in denen seine Mutter solche Augen noch nicht gehabt. Aber die Vorbereitungen dafür, dass sie so wurden, die hatten schon stattgefunden. Eines Tages im Sommer 1945 erschienen amerikanische und Flugzeuge der eigenen Armee am Himmel, es kam zu einer wilden Schießerei im Tiefflug, zu Abstürzen – da flogen jene Teufel seiner Mutter in die Augenhöhlen, und dort hausten sie seitdem und ohne Unterbrechung. Einen nächsten Fund machte er, ebenfalls auf der Universität, als er bei der Lektüre englischer Lyrik auf die nachstehenden Verse stieß und sofort bemerkte, dass es sich bei den hier beschriebenen ›eyes‹ um die funkelnden Augen seiner Mutter handeln musste, denen so lange Jahre sein ganzer Hass gegolten, auch traf er hier auf Ansätze zur exakten Deutung eines Albtraums, der ihn all die Zeit über gequält hatte:

Eyes I dare not meet in dreams
In death's dream kingdom

Es kam zu weiteren Wiederholungen, und dabei – anders als die ›schrecklichen Augen‹, die unbeweglich, überhell und eisig oder voll abgrundtiefen Dunkels in Kinderbildern und -geschichten auftauchen – waren diese Augen wirklich und wahrhaftig ›schreckliche Augen‹: mit einem leichten, harzgelben Glanz wie Affenaugen, die einen funkelnd belauern.

Noch nachdem er auf seinem letzten Krankenlager angelangt war, versuchte er, das Bild seiner ihn so anblickenden Mutter aus dem sich kaum trübenden Teich der Erinnerung heraufbeschwörend, den während seines dahingegangenen

Lebens geführten Kampf gegen diese ›schrecklichen Augen‹ wieder aufzunehmen, einen Kampf, der zuletzt stets mit seiner Unterwerfung geendet hatte. Und er tat es, indem er die eigene Stimme aus den verschiedenen Zeiten seines Lebens schrill kopierte.

– Natürlich ist der ALTE von den Leuten aus dem Dorf geachtet worden, natürlich haben sie IHN unterstützt! Deshalb ist ja damals, als ER vom Tal aus in der Kutsche losfuhr zum Aufstand, niemand von den Leuten aus dem Dorf zum Gendarmerieposten gelaufen oder zu den Soldaten vom Trainingslager, die beim Kiefernharzsammeln waren! Es brauchte doch bloß irgendwer ein einziges Wort zu melden, und sie hätten IHN, mochten die Deserteure IHN auch verteidigen, zu guter Letzt noch geschnappt wie ein auf den Kastenwagen verladenes fettes Schwein! Auf SEINEN eigenen Füßen davonlaufen konnte ER ja nicht!

– Kutsche? Willst du behaupten, das komische Ding, diese auf rohen Holzscheiben rollende Kiste sei eine Kutsche gewesen? Erwiderte höhnisch und schonungslos seine Mutter. Und neben den Deserteuren, die die Kloben an die Kiste genagelt hatten und die das knarrende und quietschende Gefährt vorwärts zerrten, neben diesem Gesindel das Kerlchen mit dem Spielzeughelm, der ihm bis über die Ohren ging, das kleine Schwein in seinen Strohlatschen, in seinem Krotonrindenhemd, seiner wer weiß wozu unterhalb der Knie mit Stricken zugebundenen alten Hose – bestimmt wäre das dann gleich mitgeschnappt worden. Da hätte es noch so fuchteln können mit seinem stolzen ›Klettenschwert‹!

Sagte sie. Um ihm hierauf ins Gedächtnis zu rufen: wie der ALTE, nachdem ER sich mit SEINEN Gesinnungsgenossen, Aufwieglern gegen die Armee, überworfen gehabt, heimlich und allein zurück auf den Speicherhof gekommen sei, in der Sprache des Tals ein ›Schrullkopf‹, ein von verrückten Ideen besessener Mann, der alles verloren hatte und gemieden wurde von jedem; wie ER sich eingeschlossen gehalten im hinteren Speicher, so anspruchslos wie möglich, um den anderen im Tal nur ja keine Unannehmlichkeiten zu bereiten, und dennoch, brach irgendwo der kleinste Waldbrand aus, seien sie sogleich auf dem Hof erschienen, die selbsternannten Spitzel aus dem Tal; oder wie sie, die Mutter, zwar bestimmte Stücke vom Rind oder Schwein unter der Hand habe kaufen können, wenigstens solche, die in dieser Gegend ohnehin keiner isst, aber etwa von sich aus Reis oder Weizen mit IHM zu teilen, darauf wären die Bauern nie gekommen.

– Nirgends sonst im Tal außer hier im Speicherhof hat man die ganze Zeit Suppen geschlürft, die kein einziges Korn Getreide enthielten. Sagte sie. Und indem sie den Jungen, der sich damals so mit Suppen aus Wildgemüsen und winzigen Saatkartoffeln elend durchgehungert hatte, auf seinen armseligen Knochenbau, auf sein hässliches, unregelmäßiges Gebiss verwies, machte sie sich über ihn lustig: Genau das sind die Andenken an jenen Saufraß, und loswerden wirst du sie dein Leben lang nicht!

– Aber um Kriegsende, da sind doch alle Leute aus dem Dorf wirklich besorgt gewesen um den ALTEN! Jeder hat mir getrock-

nete Süßkartoffeln in die Hand gedrückt und wollte wissen, wie ER über die Sache denkt!

– Einen, der für ein paar Trockenkartoffeln die Schande der Familie ausplaudert – dich haben sie doch nicht für voll genommen! Natürlich ist bei Kriegsende alles ganz anders gelaufen, als man sich das vorgestellt hat, da kam auch das Leben im Dorf ins Stocken. Oder was dachtest du? Auf einmal fingen die hier im Tal an und spannten, ob nicht an dem einen oder anderen schon die Vorzeichen kommender Veränderungen bemerkbar wären, achteten also wie immer in solchen Zeiten ganz besonders auf die Verrückten, die Krüppel oder auf Kinder, aus denen nie was werden würde. Sagte sie (und das mit einer Miene, dass es ihm, der er selber einer war, aus dem nichts werden konnte, buchstäblich in den Magen fuhr: das Gefühl, dass ihn die seit Ende seiner Happy days regelmäßig bei Anbruch der Nacht beunruhigende Vision erneut überfiele, nämlich wie auf dem Kastenwagen der ALTE, ein aufgedunsener Körper, besudelt ist von dem aus der Blase schießenden Blut, und dazu die andere, sich darüberschiebende Vision von SEINEM schmachvollen Sterben). Und das, fuhr sie fort, nicht etwa deshalb, weil sie des Glaubens gewesen wären, solche Leute besäßen die Kraft mächtiger Geister weit über den Bereich menschlicher Fähigkeiten hinaus, sondern weil sie deutlich begriffen hatten, dass sich die für das Tal bösen Vorzeichen weit früher als anderswo ablesen ließen an den Schwächsten im Walde, als da waren die Verrückten, die Krüppel und die Kinder, die, statt etwas zu werden, jeden Augenblick sterben konnten!

Ein Kind noch, versuchte er doch sachlich sein kindliches Ehrgefühl zu verteidigen, weshalb er auch mit der Kraft dessen, der sich von der Klippe stürzt, darauf beharrte: Nein, das ist nicht wahr! IHM im Speicher wandte sich das Interesse nicht aus solchen Gefühlen zu! Sagte er. Denn er spürte sehr wohl: Die weder vernunft- noch gefühlsmäßig stichhaltigen Feststellungen seiner Mutter würden dazu führen, dass jene Ereignisse im letzten Kriegssommer, die sich seinem kindlichen Gedächtnis als von einer ungewöhnlichen, nach seiner Beobachtung durch keinerlei Sinngebung generalisierbaren Vielfalt eingeprägt hatten, im Handumdrehen eine ordentlich angepasste, unverrückbare Bedeutung bekämen. Tatsächlich mochte er seiner Mutter eine solche ›Geradheit‹ nicht zugestehen. Schließlich stellte diese ›Geradheit‹, diese innerlich und äußerlich gleichermaßen extrem verletzende, grundlos aggressive ›Geradheit‹ eine ebenso widerwärtige Realität dar wie ihre funkelnd auf ihn gerichteten Augen.

– Aber ER war doch kein Verrückter, kein Krüppel, kein sieches Kind, oder?

– Wenn einer Tag und Nacht reglos eingesperrt in einem Speicher sitzt, ist der wohl ein Verrückter! Wenn einer nicht alleine pissen kann, weil er an der Blase leidet, dass das Blut aus ihr sprudelt, wenn er an Leibesumfang so zugenommen hat, dass er sich aus eigener Kraft nicht mehr bewegen kann, ist der wohl ein Krüppel! Wenn sich einer ohne die Hoffnung, lebend zurückzukehren, von Deserteuren auf den Kastenwagen heben lässt und zieht in die Ferne, gibt der wohl ein fataleres Omen ab als ein todgeweihtes Kind! Lautete, ihn unterzukriegen, die Antwort seiner Mutter. Und: Eine Schande, sich so als Gegenstand des Mitleids die Anteilnahme der durchtriebenen Bauern aus dem Tal zu erwerben! Wer von Kind an das Dreckszeug anderer Leute aufgelesen und gegessen hat, der sollte schließlich wissen, was Schande heißt, aber nein!

Als er sich dieser von seiner Mutter herausgestöhnten Sätze erinnert, hat er, obwohl auf seinem Leberkrebs-Lager hingestreckt, augenblicklich am Tatort in seinem Gedächtnis die oberste Verzweiflungsmarke des Affektpegels erreicht: mit dem Versuch, eine zufällig dort herumliegende, ihres Stiels verlustig gegangene Hacke an sich zu reißen und damit auf die Mutter einzustürmen. In seinen Augen hinter der röhrenförmigen Unterwasserbrille bewirkt dies eine Art hysterischer Anomalie, durch die sich alles wie in winzige Mohnkörnchen zu verwandeln beginnt. Er schließt die Augen, und indem er gegen den Druck der Brillenränder ankämpft, die ihm rote Rillen in die Haut einpressen, erinnert er sich noch deutlicher: wie er an bestimmten Feldrainen die weggeworfenen Saatkartoffeln auflas, wie er sich die nichtverfaulten Stücke herausschnitt und so dafür sorgte, dass etwas in die Suppe kam. Er war noch jung gewesen, für ihn also keine Frage, aber – und er lässt die Worte heiß und trocken über die Zunge rollen – hatte denn Mutter nicht auch davon gegessen? Er, der Knabe, solle begreifen, was ›Schande‹ heißt, hatte ihm seine von tiefem Gram bedrückte Mutter vorgestöhnt; aber ungeachtet seiner jungen Jahre durchaus schon voller selbständigen Ehrgefühls, brachte er am Tag jenes Wortwechsels die Frage dann doch nicht über die Lippen, und so hat er in den über zwanzig Jahren seither, wie oft schon, bebend vor Verdruss den Geschmack, den Klang der damals nicht ausgesprochenen Worte in seiner Mundhöhle geprüft.

Immer sprichst du vom ALTEN, sagst ER und IHN. Warum darf ich dafür nicht das Wort ›Vater‹ hinsetzen? So klingt das nach einer fast schon fiktiven Person, etwa aus einem Mythos oder aus einer Chronik. Findet die Testamentsnotarin. Und hierauf er: Dass meine Mutter von einem bestimmten Tag an darauf beharrte, nur noch von IHM, von unserem ALTEN zu sprechen, vielleicht geschah das in der Tat, um IHN herabzudrücken zu einer Fiktion. Als ich mich endgültig losriss vom Tal und hinauszog an Orte, wo nirgends SEINE Spuren verewigt waren, hatte ich mich allmählich im Verdacht, ich mit meiner Einbildungskraft hätte IHN überhaupt erst hervorgebracht. Auch das freilich noch unter dem Einfluss meiner Mutter, die IHN mit solcher Leidenschaft zu verleugnen pflegte. Andererseits können ja auch Produkte unserer Einbildungskraft ziemlich lästig sein. Manchmal versuchte ich mir sogar vorzustellen: Wenn es wahr ist, was deine Mutter sagt, dass bei dir mit drei Jahren der Wahnsinn ausgebrochen ist, aber eines Tages schafftest du es doch, wieder normal zu werden – ob dann mit all den anderen Qualen nicht auch SEIN Gespenst verschwände? Heute jedoch sag' ich mir: Gut, du bist und bleibst nun einmal wahnsinnig, also nimm dich zusammen und lebe weiter mit SEINEM Gespenst, hahaha! Einige Zeit nach der Niederlage, als man gewisse Militärdokumente mehr oder weniger streng historiographisch zu publizieren begann, wobei an diesen insbesondere die reaktionäre Atmosphäre auf verschiedenste Weise beleuchtet wurde, bemerkte ich, dass bei den Unternehmungen des Generals Tōjō und anderer Ultras von der Kuantung-Armee des Öfteren auch SEIN Name auftauchte. Ja, es fand sich, was freilich mit den dunklen Machenschaften der Militärs kaum etwas zu tun hatte, sogar die Fotoreproduktion eines Gedichts, das ER selbst verfasst und eigenhändig mit schwarzer Tusche niedergeschrieben hatte. Wirklich waren aus unserer Familie einige, wenn auch nicht eben bedeutende Kalligraphen hervorgegangen, und ER schien auf SEINE Schreibkunst gleichfalls stolz gewesen zu sein. Wenn also ich hier und jetzt real existiere, hat ER genauso real und tatsächlich existiert. Außerdem bliebe zu fragen, was es denn heißt: es habe einer etwas von einer fiktiven Person – ist's eine Herabsetzung oder die Erhöhung zu einem Idol? Nein, du brauchst das nicht in ›Vater‹ umzuschreiben, der ALTE genügt, und male bitte die Schriftzeichen dafür sowie für ER, IHN, SEINE und so weiter tiefschwarz mit dem Bleistift aus, damit sie, wie der Drucker sagt, als fette Lettern erscheinen.

4.

Das in den besagten Geheimdokumenten der Militärs als Fotoreproduktion entdeckte Autograph von SEINER Hand war zwar im Druck stark verkleinert, aber gut lesbar gewesen, hatte es sich doch um eine in Katakana-Silben geschriebene Kalligraphie im Stil der Hekigotō-Schule gehandelt. Dazu muss man wissen: Eine Zeitlang hatte es in und außer dem das Tal umschließenden Wald von Amateurkalligraphen nur so gewimmelt, alle geschart um diese eine, an der Schreibkunst des Haiku-Dichters Kawahigashi Hekigotō orientierte Schule. Es war, mit anderen Worten, eine törichte Prahlerei, sich mit der Behauptung, die Familie sei eine Kalligraphenfamilie seit alters, eine vertikale Ordnung auszudenken; weit natürlicher hätte der Hinweis auf eine horizontale Verbindung gewirkt, nämlich auf den laienhaften Schreibstil einer bestimmten Landschaft. Die Kalligraphie von der Hand des ALTEN trug ein Datum vom Ende des Jahres, in dem es zu der Niederlage der japanischen Streitkräfte in der Seeschlacht bei den Midway-Inseln sowie zu dem noch schwereren Debakel von Guadalcanal gekommen war, jenes Jahres also, in dem der Krieg einen deutlichen Knick erhalten hatte, was angesichts des den gesamten Talhimmel überziehenden Phantoms ›Nation‹ in ihm, dem in ein mächtiges Gemeinschaftsgefühl eingebundenen Knaben, bei aller Furcht und Unsicherheit tief in der Brust dennoch das leidenschaftliche Verlangen wecken sollte, den großen allgemeinen Tod mitzusterben. Aufgrund jenes Datums war er jetzt imstande, das konkrete Bild einer Vergangenheit wiedererstehen zu lassen, die er, von ebendiesem Zeitpunkt an, gemeinsam mit dem ALTEN durchlebt hatte. Denn in dem kurz darauf beginnenden neuen Jahr, genau am 1. Januar 1943, war der ALTE völlig unerwartet ins Tal zurückgekehrt und hatte sich sogleich in den Speicher eingeschlossen; dort war ER dann, weil ER sich zu wenig bewegte, dabei aber einen unbezwingbaren Appetit entwickelte, allmählich dick geworden, bis ER zuletzt, auch wegen des sich gleichzeitig verschlimmernden Blasenkrebses, unfähig gewesen, sich aus eigener Kraft zu erheben. Erst wenige Tage vor dem Kriegsende, als ER zusammen mit zehn Deserteuren, die IHN herausgelockt hatten, und in Begleitung des Jungen auf dem Kastenwagen das Tal verließ – erst da war ER für die meisten im Dorf wieder aufgetaucht.

Freilich hatte er, der Knabe, hatte aber wohl auch seine Mutter nicht eigentlich begriffen, warum der ALTE an jenem Neujahrstag aus Mandschukuo zurückgekehrt war. Unklar blieb dem Jungen vor allem, wieso es den Heimgekehrten mit dem letzten Schritt einer langen Reise in die Dunkelheit des Speichers trieb, um sich darin zu vergraben. Wenn er es im Nachhinein bedachte, so hatte ihm das Gefühl SEINER körperlich riesigen Gegenwart – und je länger ER sich im Speicher eingesponnen hielt, desto mehr – den eigenen kindlichen Kopf regelrecht zusammengepresst. Erst später begann er sich über IHN nach und nach, und indem er sein winziges Gehirn ausquetschte, Gedanken zu machen;

das war zu einer Zeit, da der ALTE bereits keine Realität mehr besaß und sich eine Leere in dieser Welt geöffnet hatte, die dem Volumen eines dicken, aufgedunsenen Erwachsenen entsprach, zu einer Zeit nämlich, in der er mit seinem kleinen mageren Körper dazwischensprang, auf dass die entstandene Leere von nichts anderem angefüllt würde als vom Licht und von der Glut jenes Augusts. Und sobald er dieser dem Volumen eines dicken Erwachsenen entsprechenden Leere einen Sinn beizulegen begann, begriff er, dass sie es war, die mit der nötigen Absorptionskraft das Gewicht all der überquellenden Rückstände aus den Happy days seines fünfunddreißigjährigen Lebens dauerhaft an sich zu saugen begann.

Solange er jedoch im Tal gelebt, hatte sich seine Mutter erfolgreich so gestellt, als habe sie keine Ahnung von dem absonderlichen Leben des ALTEN in der letzten Zeit vor der Niederlage, oder sie wusste sehr wohl davon, beteuerte aber das Gegenteil, oder notfalls schwieg sie überhaupt, und sonst eine Möglichkeit, hinterm Wald eine Wahrheit neu auszuforschen, gab es für ihn nicht. Seit er nun draußen in der Großstadt war, hatte er daher seine Freude daran, als er, so in einem Buch mit dem verdächtigen Titel ›Auch eine Geschichte Mandschukuos‹, außer einer Kalligraphie von SEINER Hand noch mancherlei anderes ihm bis dahin unbekanntes Material entdeckte.

Gegen Ende 1942 war ER Mitglied einer vom ›Korps der Militärbeamtenschaft‹, das heißt: von den tatsächlichen Besatzern Mandschukuos, mit höchsten Erwartungen delegierten Arbeitsgruppe, die in einem eigens bereitgestellten Flugzeug nach Japan zurückkehrte, um hier eine Konferenz mit Premierminister Tōjō und dem bereits aus der Armee ausgeschiedenen und im Ruhestand in seiner Heimat lebenden General Ishihara zustande zu bringen. Im Kern bestand die Gruppe aus ehemaligen Offizieren der Geheimen Militärpolizei, die am Anarchistenmassaker nach dem Großen Kantō-Erdbeben 1923 beteiligt gewesen waren. Die Konferenz fand statt, doch ging es im Grunde ähnlich aus wie bei den Lehrfragen und Antworten im Zen: letztendlich ohne praktische Anweisungen; und während die ehemaligen Polizeioffiziere und ihr Anhang nach Mandschukuo zurückflogen, schmiedeten sie schon wieder neue Pläne; hierzu verbreiteten sie das Gerücht, die Kooperation mit Premier Tōjō und General Ishihara habe Früchte getragen.

Von der ganzen Gruppe verließ ER als Einziger die ›Gesinnungsgenossen‹ und blieb im Lande, reiste auch später nie wieder nach Mandschukuo. Wie es der ALTE angestellt hatte, sich von SEINEN ›Gesinnungsgenossen‹ zu trennen? Sobald die Konferenz beendet war, fuhr ER als Vertreter der ›Mandschurischen Bashō-Gesellschaft‹ nach Iga-Ueno. Hierauf schrieb ER mit Pinsel und Tusche die Inschriftenvorlage für einen Gedenkstein, den die Gesellschaft dort zu errichten gedachte. Dabei handelte es sich um das nachstehend wiedergegebene groteske Gedicht, eben jenes als Fotoreproduktion abgedruckte, das aber sonst keines Menschen Auge gesehen hat und das auch niemals auf irgendeinem Stein eingemeißelt wurde. Übrigens fällt es ihm, dem Sohn, nicht leicht, das Gedicht und den erinnerten Eindruck vom ALTEN zusammenzubringen; andererseits sind hier gewisse Dialektausdrücke aus der heimatlichen Region verwendet, und zumindest dies lässt die Annahme begründet erscheinen, dass er es mit einem Werk von IHM zu tun hat.

Die Frosch-Verwandlung meint:
ein Ei auszubrüten – kehr's um!
etwas zu Geld zu machen – kehr's um!
sich zurückzubiegen – kehr um!
zurückzulaufen – kehr um!
heimzugehen in den alten Garten – kehr um!
zurückzukriechen in den Schlamm – kehr um!
vielfältig ist die menschliche Realität

Ah der alte Teich –
es stürzt ein Frosch hinein
da klingt das Wasser

Bei diesem Gedicht musste er an einen Vorfall aus jener kurzen Zeitspanne denken, in der der ALTE unmittelbar nach SEINEM Einzug in das Speicherversteck, noch unbeirrt durch Mutters Behauptung, ER sei ›der allergrößte Feigling‹, einen letzten Rest an allgemeiner Achtung einsog. Damals also war ein als Leiter einer Heereszuliefererfirma in der Stadt erfolgreicher Mann, Sohn eines Pächters der Familie, erschienen und bat, dass ER ihm einen Türspruch schriebe. In jenen Tagen, bald darauf sollten die Happy days des Jungen anbrechen, war der wechselseitige Austausch zwischen seiner Mutter und dem ALTEN noch nicht völlig zum Erliegen gekommen. So führte sie den Besucher bis vor die hohe Eingangsschwelle des Speichers, und dieser rief von dort aus laut und mit außerordentlichem Ernst ins Dunkel hinein:

– Ich bitte euch, lieber Herr, schreibt mir doch *›Sich Wohlstand schaffend, Bescheidenheit üben‹!*

Auf dem Bogen Chinapapier, den seine Mutter schließlich herausbrachte – und dabei musste sie sich, dass sich die Haut ihres schmalen, ovalen Gesichts steif wie Klebefolie spannte, das Lachen verbeißen –, stand indessen in großen Zeichen und wieder im Hekigotō-Stil geschrieben:

– Den Winter verschlafend, Bescheidenheit üben!

Zweifellos war natürlich auch das eine Erinnerung, für die er die später aus dem Vorfall entwickelte Tallegende mit tatsächlich Selbsterlebtem, so wie es ihm aus dem gemeinsamen Alltag mit dem soeben in SEIN Versteck eingesponnenen ALTEN im eigenen kindlichen Gedächtnis haften geblieben war, vermengt hatte. Von jetzt aus betrachtet, schien ihm freilich, als hätte jener Türspruch nicht einfach nur einen erfolgreichen Heereslieferanten verspottet, sondern gleichsam auch den inneren Zustand dessen wiedergegeben, der da im Speicher überwinterte wie im alten Teich der Frosch.

Offensichtlich haben sie in deiner Familie alle eine Vorliebe für Wortspiele. Sagt die Testamentsnotarin. Worauf er erwidert: Ja ja, ich verstehe, obgleich du für deinen Angriff eine recht umständliche Abschussrampe benutzt. Der Manisch-Depressive, heißt es ja wohl, sei ganz wild auf Wortspielereien und Anagramme. Also unternimmst du den folgenden großangelegten Deduktionsversuch: Da ich zu dieser Art von Irren gehöre, muss alles, was ich bis jetzt von mir gegeben habe, das Kauderwelsch eines solchen Irren gewesen sein, eine wie hier ins Protokoll diktierte Vergangenheit hätte ich demnach nie gehabt, und darin, dass ich augenblicklich meine Leber für einen Krebsbunker halte, drücke sich ebenfalls nur die Wahnvorstellung eines Verrückten aus. Sagt er. Aber die Testamentsnotarin protestiert: Dergleichen würde ich niemals behaupten, zumindest nicht in dieser Verkürzung! Er jedoch: Hahaha! lacht er, und ohne sich darauf einzulassen: Wenn sich in meine Berichte so viele wortspielähnliche Teile einmischen, so kommt das daher, dass meine Kindheitserinnerungen fast ausnahmslos von den mündlich überlieferten Tallegenden beeinflusst sind. Aus örtlichen Nachrichten, die wie beim Ballspiel einer dem anderen zuwarf, haben sich in dem vom Wald umschlossenen Tal zuletzt immer irgendwelche Legenden gebildet. Und die Nonsens-Wortspielereien waren nur eines der rhetorischen Kunstmittel, sie von Mund zu Mund weiterzuerzählen. Hatte zum Beispiel meine Mutter realiter ein witziges Wortspiel von sich gegeben, so wurde es – und aus keinem anderen Grunde sonst – zu einer Legende, die bald darauf überall im Tal im Schwange war. Noch während ich auf der Universität Fremdsprachen studierte, wurde ich, weil mir diese Gewohnheit geblieben war, immer wieder von den albernsten fixen Ideen gepackt, die freilich keinen in der Stadt aufgewachsenen Kommilitonen von den Füßen gerissen hätte, und schließlich rutschte ich ab und wurde ein Faulenzer von einem Studenten, der mit innerlich völlig blankem Kopf vor sich hin phantasierte. Es genügte, dass ich auf die Vokabel ›mori‹ stieß, und schon hob ich ab und flog aus der Lateinvorlesung davon zurück in den ›Wald‹, nämlich mit unserer japanischen Vokabel ›mori‹. Entsprechend hat vermutlich meine heutige Rhetorik in solchen naiven Wortspielen ihre Wurzel. Aber kannst du denn nicht mir zuliebe darauf verzichten, die Texte nach deiner eigenen, davon verschiedenen Technik umzusetzen? Kannst du sie nicht einfach so protokollieren, wie ich sie diktiere? Ob Leberkrebskranker oder von der Anagrammsucht besessener Irrer – jedenfalls bin ich doch (hahaha!) ein bedauernswertes Wesen, das dein Mitleid verdient hätte, oder? Und nach dieser seiner Erklärung wieder die Testamentsnotarin: Nein, auch das war es nicht; was ich meinte, was ich sagen wollte, selbst deine Familie, sogar mitten im Krieg, hat einst – stelle ich mir vor – im trauten Kreis beisammengesessen, und es war dann der Höhepunkt der Gemütlichkeit, wenn deine Eltern ihren geliebten Wortspiel-Wettstreit ausfochten. Wahrscheinlich – male ich mir weiter aus – war zunächst dein Vater der große Wortspielfreund, und darauf eingehend und indem sie selber aktiv seinen Worten zu entgegnen begann, hat sich allmählich auch deine Mutter zu einem geschickten Gedankenjongleur entwickelt. Dabei war es deinen Eltern – und das habe ich sagen wollen – vermutlich darum zu tun, sich innerhalb einer zahlenmäßig kleinen Intelligenzschicht und angesichts des Eingeschlossenseins in das Waldtal durch beißende Kritik an ihrer Umgebung ihr abgesondert eigenes Leben zu bewahren. Und es wäre also gar nicht an dem gewesen, dass sich deine Eltern – wie du es zum Grundtenor deiner Erzählung machst – von allem Anfang an leidenschaftlich gehasst und befehdet hätten, oder? Wirklich frage ich mich, ob du diese Seite nicht deshalb so völlig unterschlägst, weil du deinen Eltern ihr enges Verbundensein, in das du als Kind nicht hast eindringen können, missgönnst. Sagt sie. Und er, während er auf einem seiner seltenen Abhänge des Missvergnügens ins Rutschen gerät: Na, das jedenfalls soll mir meine Happy days nicht zerstören! Erwidert er und wehrt sich dagegen mit seinen beiden auf die verhärtete Leber gestemmten Händen. Dann, wie um sich in dieser Lage Mut zu machen, versucht er leise sein geliebtes Lied anzustimmen: Let us sing a song of cheer again, happy days are here again.

Auch er will ja durchaus nicht in Abrede stellen, dass es eine Zeit gegeben hat, in der den ALTEN und seine Mutter die unter Ehepartnern üblichen menschlichen Beziehungen verbanden. Nur ist ihm, außer dass er mit etwa drei Jahren in die Nähe des Wahnsinns geriet, vom damaligen Familienleben so gut wie nichts in Erinnerung geblieben. Nicht weil er einfach zu klein gewesen wäre. Eher scheint es, als hätte es ihn, den Winzling, jenseits des Stampflehmbodens in der selbst tagsüber düsteren Eingangshalle zum Hauptbau seines Elternhauses, des so genannten Speicherhofs, als hätte es ihn da draußen zwischen den zwei ›Kuppen‹ und der ›Insel‹, die als die drei höchsten Hügel die Taltopographie beherrschten, noch überhaupt nicht gegeben. Die unmittelbaren, von ihm wirklich konkret empfundenen Erinnerungen beginnen mit dem Augenblick eines geburtsähnlichen ›Lebens-Eintritts‹, als nämlich in dieses Dunkel der Nicht-Existenz plötzlich das Licht hereinflutete, so dass es sich in ein unendlich reiches, sich ihm in frischen Farben einprägendes Realitätsgemenge verwandelte. Alle Erinnerungen, die hinter diesen Augenblick des ›Lebens-Eintritts‹ zurückreichen, betreffen mithin Vorfälle, die im Tal bereits Legende waren, bevor er sie, eingeschleust durch den Filter des eigenen Blutes, in seinem Körper, in seiner Seele hat wiederaufleben lassen. Wollte er sich also zurückrufen, was unmittelbar auf seine Existenz verwies, wie sie vor dem über mehrere Tage gefeierten Fest des ›Lebens-Eintritts‹ gewesen, so begann er, und er nahm sich ausgiebig Zeit hierfür, die Tiefen der ihm körperlich eingewurzelten Erinnerungen regelrecht zu durchwühlen. Ergebnis der mittels solcher, man könnte sagen, ›Erinnerungstechnik‹ unternommenen Bemühungen: In dem schließlich sichtbar werdenden, von einem fernen Blitzlicht erhellten, schwachen Erinnerungsbild ist sein ›vorgeburtliches‹ Ich Teil eines vom Bewusst-Seienden verschiedenen Ganzen, das aber alles im Tal vorhandene Organische und Anorganische umschließt; ist sein Ich, um es mit den Worten des französischen Philosophen zu sagen, Teil des ›Être-en-soi‹. So springt er, der Kleine, in einen flachen Stau des Flusses, der die Talsohle durchfließt, und taucht. Aus Augen, die getrübt sind, bis sie eins werden mit dem dämmrigen Wasser, starrt er unverwandt auf die Schwärme von Weißfischen, von Häslingen (wie sie in seiner Gegend heißen), die in dem Zwischenraum zwischen dem Felsen oben und unten dem sandigen Grund in dichter Wolke wimmeln.

Indem sie, durch die Kiemen atmend, ihre Mäuler der unter den Felsen herziehenden leichten Strömung zuwenden, haben sie sämtlich ihre Leiber in die eine Richtung geordnet. Bald scheinen sie mit ihren einen safrangelben Schimmer verstrahlenden Augen zu bemerken, dass er, tauchend, solange der Atem reicht, sie aus seinen bloßen, von keiner Unterwasserbrille geschützten Augäpfeln belauert, bald wieder wirken sie völlig teilnahmslos. Die ganze Zeit über hält er, der Knirps, mit seinen vom Wasser weiß aufgequollenen Fingern die Harpune umklammert, aber nicht nur fehlen vorn an der eisernen Spitze die nötigen Widerhaken, da ist auch an der Abschussvorrichtung der Gummi längst verrottet und abgeplatzt. Deshalb starrt er nur weiter so auf die Häslinge, die verschleierten Augen weit aufgerissen, und allmählich beginnen die gleichfalls gelb zu schimmern, hört er auf zu blinzeln, lässt er ungehindert seine Nase voll Wasser laufen, und als er sich der Strömung voll zuwenden will, die den Geruch der unzähligen im Tal lebendigen Substanzen heranträgt, korrigiert er lediglich seine Körperhaltung um ein kleines, um eine winzige Spur, sonst nichts – wie einer, der zum Beispiel die Atemschwierigkeiten bereits hinter sich hat. Sein Ich, das Kind, das er in diesen frühesten Erinnerungen war, er hatte es zu begreifen gelernt als seinen fötalen Zustand vor jenem ›Lebens-Eintritt‹. Woraufhin er schließlich das Interesse daran verlor, noch weiter zurück nach ›vorgeburtlichen‹ Erinnerungen zu graben.

Zu seinen ›Geburts‹-Erinnerungen ist zu sagen, dass er sich stets bemüht, zumindest den ersten Teil seines ›Lebens-

Eintritts‹ deutlich und in aller Dramatik zu rekonstruieren; dazu hat er sich den genauen Zeitpunkt eingeprägt, an dem der Prozess seinen Anfang nahm. Tatsächlich ist es zwar unwahrscheinlich, dass der Junge sofort erkannt haben sollte, was die Ankunft des Telegrammboten bedeutete; immerhin ist dies die erste Szene, die jeweils dann vor seinem inneren Auge auftaucht, wenn er die ›Geburts‹-Erinnerungen mit frischem Blut erfüllt: Wie durch das Teleobjektiv gespiegelt, hat er aus der Vogelschau das Bild des Telegrammboten vor sich, der beharrlich, mit knappen, schnellen Schritten vom schiffsbodenförmig flachen Talgrund aus zur Speicherhof-›Kuppe‹ heraufgestiegen kommt. Dabei aber hat er (angenommen, das wäre praktisch möglich gewesen) die Draufsicht wie von der anderen ›Kuppe‹ aus, nämlich der ›Kuppe‹ mit dem Gemeindebüro, in dem einst ER als der jüngste Dorfschulze in der Präfektur amtierte, wohingegen die Tele-Ansicht als von der ›Insel‹ her gesehen erscheint, jenem abgesondert liegenden Hügel mit dem heiligen O-Kōshin, um den sich bis heute einzig seine Mutter kümmert. Da indessen auf seinem Vogelschaubild der Erinnerung bei aller Düsternis sogar auch das Speicherinnere deutlich zu erkennen ist, wo sich, abgewandt im mechanischen Rasierstuhl sitzend, der ALTE eingepuppt hat, kann es sich bei diesem Blickwinkel natürlich nur um eine Fiktion handeln. Der Telegrammbote, weil er inzwischen selbst den Text des Telegramms gelesen hat, gerät wie vor Qualen ins Taumeln, doch ohne einen Augenblick stille zu stehen, steigt er mit keuchendem Atem weiter bergauf. Wirklich benimmt er sich, als könnten ihm die Leute vom Speicherhof in einen Hinterhalt locken und umbringen, springt, sowie sich die Gelegenheit dazu ergibt, vom steil aufwärts führenden, gepflasterten Weg hinüber auf die abgeernteten weichen Äcker, scheint mit der gleichen Wahnsinnsgeschwindigkeit wie das Werbe-Känguru der Zirkustruppe, die einmal ins Tal gekommen war, tief in den Wald hinein unaufhaltsam davonlaufen zu wollen. Steigt und jammert vor sich hin:

– *Was mach ich da bloß?!*

Und er, das vorgebeugt aus der Höhe herausschauende Kerlchen zwischen Kind und Knabe, er, der sich eben anschickt, seine wahre ›Geburt‹ zu erreichen, verfolgt den Telegrammboten wie mit einem hoch empfindlichen Verstärkermikrophon, so dass er jedenfalls eindeutig jenes Jammergewäsch in die Ohren kriegt, das die Leute aus dem Tal immer dann als Erstes von sich geben, wenn sie bös in der Klemme sind:

– Ah, Mann, wie bring' ich das denen bei? Wo's heißt, der älteste Sohn vom Speicherhof hat in China Fahnenflucht begangen … *Was mach ich da bloß?*

Damit wird mir wieder einer von den Sätzen klar, die du im Schlaf weinend herausschreist. Sagt die Testamentsnotarin. Und zwar mit einer derart deprimierenden Stimme schreist, dass unsereins am liebsten mitschreien möchte, hinauslaufen möchte in den vom Mondlicht beschienenen Hof des Krankenhauses. Doch er, um ihr zu schildern, was nach Erhalt des ersten Telegramms auf dem Speicherhof geschah, erklärt: Ich allein war frisch und munter wie ein freigelassener Bachkrebs, wie hätte ich mich also hineinversetzen können in die Verwirrung des Telegrammboten! Kaum war dieses erste Telegramm eingetroffen, wurde ich sowohl vom ALTEN wie auch von meiner Mutter als Laufjunge eingesetzt: Beide schickten sie, völlig unabhängig voneinander, Telegramme nach Mandschukuo. Zum ersten Mal wurde ich damit von meiner Familie als ein tatsächlich nützlicher Mensch betrachtet; auch in diesem Sinne war das meine ›Geburt‹. Was freilich selbst dem kindlichen Gemüt sonderbar erschien: dass sie beide, der ALTE und meine Mutter, ihre Telegramme getrennt abschickten; dass sie sich über verschiedene Kanäle bemühten, meinen fahnenflüchtigen Bruder zu retten. Der ALTE hatte natürlich Bekannte in Mandschukuo, aber meine Mutter auch, sogar in der Kuantung-Armee! Heute allerdings weiß ich: meine Mutter ist in Peking aufgewachsen, in einer Familie, die ihr bereitwillig Schutz gewährt hatte, obwohl sie doch die Tochter eines Mannes war, der an einer gegen den Tennō gerichteten revolutionären Bewegung beteiligt gewesen, und der ALTE, kaum dass ER zum ersten Mal das Meer überquert hatte, verliebte sich sofort in sie, ließ sich von der Frau aus jungen Dorfschulzenjahren scheiden und kehrte nach formeller Eheschließung mit der neuen ins Tal zurück. Damit hatte ER es zuwege gebracht, meine Mutter lebenslang hinterm Wald festzusetzen, während ER selber abermals nach China und Mandschukuo ging und sich in irgendwelchen Funktionen für lange Zeit dort aufhielt. Sehr wahrscheinlich dürfte also das Telegramm meiner Mutter an ihren Ziehvater adressiert gewesen sein, mit der Bitte, in der Sache zu vermitteln. Übrigens geschah es danach zum ersten

Mal, dass der ALTE und meine Mutter sich im Speicher laut stritten. Auch das ist jedoch eine rekonstruierte Erinnerung, für die ich mich, um die Details genau zu fassen, auf spätere Gerüchte aus dem Tal stützte. Hiernach weint meine Mutter und sagt: Wenn er sich nicht schnell nach drüben durchschlägt, bringen sie ihn um. *Da wird ER wütend und schreit sie an:* Rede du doch nicht! Das kommt davon, dass er das Blut derer geerbt hat, die keine Liebe empfinden zum eigenen Land! Dass ich seine Erziehung ausgerechnet dir überließ! Nach alledem ist es besser, er wird gleich erschossen, und wir sehen zu, dass wenigstens seine Asche heimkehrt! Dass er als Gefallener behandelt wird! *Und meine Mutter unter Tränen:* Willst du demnach den Jungen umbringen lassen, bevor er sich nach drüben durchgeschlagen hat?! Hast du gar in deinem Telegramm darum gebeten, so gemeine Kommandeure wie * und ** möchten befehlen, dass dein eigener Sohn hinterrücks ermordet wird?! Der Junge, allein, läuft und läuft, und die schießen hinter ihm her! *Noch lauter schreit sie das … Nun, in dieser Art etwa.*

Sehr viel später erst, als ich, wie gesagt, in den Dokumenten aus der Kriegszeit las, stellte ich fest, dass es sich bei gewissen Namen, die meine Mutter genannt, um die von einstigen Größen aus der Kuantung-Armee gehandelt hatte. Damals in dem Augenblick war ich natürlich nicht imstande gewesen, die Bedeutung des Wortes ›drüben‹ wirklich zu begreifen. In der Vorstellung des im Krieg Heranwachsenden gab es sie zwar als die Feinde, aber was das sonst für Menschen waren und wie ihre Welt aussah, davon existierte für ihn einfach kein Bild. Im

Geiste sah ich einen felsigen Abhang vor mir, wie eingeschnitten in die Berge am fernen Rand einer weiten, gleichförmigen Ebene. Ein einzelner junger Soldat rennt, was die Beine hergeben, im Laufschritt auf den Abhang zu. Und dann malte ich mir genau die Szene aus, wie der Soldat, sobald er auf irgendeine Weise den Fuß des Abhangs erreicht, gerettet ist: Nicht nur wird ihm, in Umkehrung sämtlicher Wertvorstellungen, sofort alles erlaubt, er wird sogar auch noch belobigt. Indessen hatte der ALTE nur zwei Kinder, ihn und mich, doch stammte dieser ältere Bruder aus der Ehe mit jener Frau, von der ER *sich hatte scheiden lassen. Meine Mutter war demnach sogar für einen Stiefsohn zu solcher Raserei fähig gewesen. Eine Woche verging, dann endete der heftige innerfamiliäre Krieg. Es kam eine weitere Nachricht, ein großes Schweigen fiel über den Speicherhof, und das für lange Zeit. Einmal frühmorgens legte meine Mutter das Trauergewand an und verließ das Tal; am Abend, es war spät geworden, kehrte sie zurück, um den Hals ein weißes Baumwolltuch geschlungen und darin das rohe Holzkästchen mit der Asche des ersten Kriegsgefallenen aus dem Tal. Erläutert er und beginnt wieder zu diktieren.*

Zusammen mit so gut wie allen aus dem Tal war auch er, der durch die Erfahrungen dieser einen Woche endgültig die Grenze zwischen Kind und Knabe passiert hatte, der Zurückkehrenden bis zu der am Talausgang zur Landstraße hinüberführenden Brücke entgegengegangen; doch seine Mutter ignorierte nicht nur die sich schweigend, ohne irgendeine Ordnung herandrängenden fremden Leute, selbst ihn, ihren Sohn, würdigte sie keines Blickes, blieb vielmehr für eine Weile kerzengerade aufgerichtet an der die Landstraße anbindenden Brückenauffahrt stehen (dort also, wo er später knapp dem Tod entgehen sollte) und ließ, dem Falken vergleichbar, der verächtlich seine Artgenossen mustert, ihren funkelnden Blick über das Tal hin schweifen. Es schien, als versuchte sie nach der langen wilden Fahrt im Lkw eines koreanischen Waldarbeiters, der sie von der Provinzstadt her mitgenommen hatte, das Gefühl für den festen Boden wiederzugewinnen. Hierauf kniff sie die Augen zusammen, so dass auf ihrem schmal ovalen und flachen, wie ein weißer, trockener Fetzen Papier unheimlich wirkenden Gesicht ein dichtes Faltengekräusel entstand, und ohne die nun beim Losgehen doch in ihr Blickfeld einbrechenden fremden Gesichter auch nur wahrzunehmen, geradeaus vor sich hin starrend und ihre Strohsandalen in einer Art vorwärtstreibend, dass sie knapp über dem Boden dahinflogen, schlug sie die Richtung zum Speicherhof ein. Als sie mit ihm, dem Jungen, jetzt am Hofeingang der Einzige, der ihr noch gefolgt war, durch das Tor im Querbau trat, blieb sie vor der Wurzel des riesigen Benkei-Baums stehen, an dem sich die Wege zum Haupthaus und zum Speicher gabelten. Wandte sich um in der Abenddämmerung, verwirrt, als hätte sie tatsächlich erst in diesem Augenblick seine Gegenwart bemerkt, obwohl er ihr doch, nicht einmal mit gedämpften Schritten, die ganze Zeit hinterhergelaufen war, und aus lichtfunkelnden Augen sah sie auf ihn herab. Dann sagte sie scheltend in einem seinem Ohr völlig ungewohnten Tonfall, der sich von dem im Tal üblichen erheblich unterschied.

– Wehe, wenn du dem ALTEN (eine von ihr da zum ersten Mal benutzte Bezeichnung), der sich im Speicher versteckt, auch nur ein Wort davon erzählst, dass die Asche zurückgekommen ist!

Um von der hierauf weiter auf das Haupthaus zustrebenden, plötzlich wie zusammengeschrumpft kleinen Gestalt der Mutter nicht fortgerissen zu werden, spreizte er seine Beine mit einer Kraft, die ausgereicht hätte, die vielen Tausende Blätter vom Benkei-Baum herunterzureißen, und voller Wut darüber, dass ihn seine Mutter bis dahin ignoriert hatte, schrie er, unerwartet auch für ihn selber:

– *Ich will nicht das Blut von jemandem haben, der das eigene Land nicht liebt! Wirf doch die Asche von diesem Feigling dem Ochsen in den Futtertrog! Von heute an gehe ich auch in den Speicher, dort krieg' ich wenigstens die Asche nicht zu sehen. Von einem, der sein Land nicht liebt, will ich nichts wissen!*

Seine Mutter hatte sich, zwar unbeeindruckt von dem, was er ihr nachgeschrien, dennoch umgewandt für einen Augenblick, und in der Gelatine-Membran aus Abenddämmerung und seinen Tränen sah er ihr weißes, trockenes Papiergesicht mit dem vorgeschobenen spitzen Kinn wie flatternd auf und nieder tanzen; da machte er kehrt, da ging er, dieser kleine Teufel aus dem Tal, den selbstgebastelten Spielzeughelm so tief heruntergezogen, dass er ihm, wie seine Mutter zu spotten pflegte, die Ohren verschloss, in seinem Krotonrindenhemd und den unterm Knie mit Stricken zu einer Art Knickerbockers gebauschten alten Hosen allein zum Speicher hinüber. An der Hüfte, mit einem Hanfseil festgebunden, trug er zudem Großvaters ›Klettenschwert‹ aus dem japanisch-russischen Krieg, das er am frühen Morgen, also gleich nachdem seine in Trauer gekleidete Mutter weggefahren war, aus der Scheune hervorgekramt und eigenhändig vom Rost befreit hatte, meinend, darauf jedenfalls wäre Verlass.

In meinem kindlichen Gemüt dachte ich mir aus: da wären Leute, die würden von außen her die nun einzig zwischen IHM und mir beginnenden Happy days zerstören wollen. Sagt er. Und ich nahm mir vor, sobald sie kämen, ihnen mit dem ›Klettenschwert‹ aus dem japanisch-russischen Krieg in der Hand, das bis dahin zum Futterschneiden benutzt worden war und eher aussah wie eine schwarze gusseiserne Stange, mutig entgegenzutreten. Darauf die Testamentsnotarin: Das muss ja ein munteres Leben gewesen sein im Speicher. Und dein Vater, er hat dich sogleich mit offenen Armen aufgenommen, wie? O nein. Erwidert er. Ich machte auch gar keinen Versuch, mit IHM zu reden. Als ich, um den dunklen Speicher zu betreten, die von einem schwarzen Verdunkelungstuch umhüllte nackte Glühbirne anknipste, die am Türsturz hing, hatte der ALTE, wohl weil ER bereits zu dem Zeitpunkt entschlossen war, niemandem ein Ausforschen SEINES Gesichtsausdrucks zu gestatten, jene selbe Unterwasserbrille auf, die sich jetzt in meinem Besitz befindet: zwei kupferne Röhren, verglast und von innen mit Zellophanpapier beklebt (wie ER sie sich zuerst in der Mandschurei zur besseren Beobachtung einer Sonnenfinsternis zurechtgemacht hatte); und so starrte ER reglos in die Tiefe des Speichers. Um den mechanischen Rasierstuhl, in dem ER saß, häuften sich allerlei dicke, fremdsprachliche Bücher. Vermutlich landwirtschaftliche Fachliteratur. Wie es in jenen Dokumentationen über die Militärclique hieß, die ich später zu Gesicht bekam, soll ER ja die Absicht gehabt haben, SEINE ›Gesinnungsgenossen‹ dazu zu überreden, dass sie sich im Tal als Bauern niederließen und dafür Randstücke des Waldes rodeten. Allerdings hatte ich, als ich damals in den Speicher kam, den Eindruck, ER wäre schon nicht mehr daran interessiert gewesen, die Bücher auch wirklich zu lesen. Beweis dafür war die Tatsache, dass ER selbst nach Anbruch der Nacht jene Unterwasserbrille nicht absetzte. Ich frage mich, ob ER durch die Brille überhaupt irgendetwas im Speicher deutlich erkennen konnte. ER hatte nur dadurch, dass ich die Lampe am Türsturz anknipste, plötzlich eine unangenehme Helle gespürt, und mit einem ›sch-sch!‹, wie man die Hühner scheucht, verbat ER sich das. Hastig löschte ich das Licht, gleichzeitig aber blieb ich, der ich von der Deklaration an meine Mutter so herrlich hochgestimmt war, mit den Schwänzen meiner zerrissenen Strohlatschen an der hohen Schwelle hängen und fiel längelang hin. Ich rollte quer über den ein, zwei Stufen tieferen Stampflehmboden, und nachdem ich mir am Aufgang zum gedielten Raum, in dem SEIN Stuhl stand, kräftig den Rücken angeschlagen hatte, kam ich schließlich zum Stillstand. Das ›Klettenschwert‹ an der Hüfte hatte sich mir dabei gegen den Bauch gepresst; ich hielt es kaum aus, so weh tat das. ER jedoch sagte noch nicht einmal ›sch-sch!‹ dazu, so als wäre ER, gleich nachdem ich das Licht wieder gelöscht, fest eingeschlafen;

SEIN Kopf, groß und schwarz und kerzengerade aufgerichtet, bewegte sich nicht die Spur. Und ich, während ich mit weit aufgerissenem Mund, um nur ja nicht loszuschreien, tief ausatmete, vergoss wahrhaft erbärmliche Tränen, die mein auf den Boden gepresstes Gesicht und den ausgetrockneten Lehm darunter nässten. Und weil ich nicht hochkam, blieb ich so liegen. Immerhin hatte ich seit dieser Nacht meinen Schlafplatz im Speicher. Und um IHN glauben zu machen, es sei keineswegs aus Missgeschick gewesen, dass ich beim ersten Mal über den Stampflehmboden hereingekollert war, sondern weil ich mit voller Absicht mir auf diese Weise einen passenden Schlafplatz gesucht hätte, richtete ich mir aus Stroh, einer Brettertür und alten Wolldecken direkt auf dem Lehmboden ein Lager her und begann dort als Logiergast zu hausen. Ich ging nun nur noch ins Haupthaus hinüber, um IHM das Essen zu holen. Seitdem lebte meine Mutter also allein, und nicht genug, dass sie allein war innerhalb der Familie: Was sie, die Fremde, wenigstens zeitweilig an das Tal gefesselt hatte, war einzig ihre Bande zu dem aufs chinesische Festland an die Front abkommandierten Stiefsohn gewesen, doch mit dem Tag, an dem die Asche des Gefallenen zurückgekehrt, und weil sie die Leute aus dem Tal auch dann ignorierte, wenn sie unmittelbar vor ihr standen, war für meine Mutter ganz konkret jedes Leben in der Gemeinschaft erloschen. Ich hingegen, nur erst ein Knirps, lief mit Großvaters ›Klettenschwert‹ an der Seite auf und ab durchs Tal, stolz strahlend die kleinen Augen vom Abholen der Rationen, aber auch von Dingen, die nicht mit der Rationierung zu tun hatten; war's nun doch an mir, die tägliche Versorgung unserer Familie mit

Lebensmitteln sicherzustellen, besonders SEINE Versorgung, und tatsächlich wurde ER immer versessener aufs Essen. Wenn ich es recht bedenke, bin ich danach nie wieder so verantwortlich für das Leben der Familie tätig gewesen. Einmal, das hatte ich mir ganz allein in den Kopf gesetzt, marschierte ich zum Gemeindebüro, nahm die mit ›Hinterbliebenen-Familie‹ beschriftete Medaille in Empfang und schlug sie mit einem alten Nagel nicht etwa ans Haupthaus, sondern an die Mauer neben der feuersicheren Speichertür. Während ich das ›Klettenschwert‹ an meiner Seite sein klirrendes Liedchen singen ließ, packte ich den großen, schweren Hammer und reckte und streckte mich, und danach habe ich die sich neugierig um mich drängende Horde von Kindern, sie waren mir vom Gemeindebüro her nachgelaufen, unter Drohungen mit dem Hammer davongejagt. Berichtet er.

5.

Unter dem Vorwand eines raschen Kräfteverfalls schläft er entweder den ganzen Tag oder er betrachtet vorzugsweise Bildbände mit Tierfotografien. Gleichzeitig jedoch bemüht er sich, der Testamentsnotarin gegenüber damit zu prahlen, dass er auch währenddessen das Interesse am Diktat der ›Geschichte einer Zeitgenossenschaft‹ nicht etwa verloren hat. Und sagt: Schau dir doch einmal diese ceylonesischen Wildschweine an, mit einem halben Dutzend Frischlingen wetzen sie durch das von Buschwerk umschlossene, ausgedörrte Tal; das alte Tier an der Spitze ist in diesem Fall natürlich der Keiler. Aber das Kleine da, das hinter ihm herrennt, nachdenklich, mit hängendem Kopf, doch es springt, was es kann – das erinnert mich an damals, genauso lebte ich neben IHM. Den ceylonesischen Wildschweinen wachsen, denke ich, um die Augenhöhlen herum lange Borsten, oder? Wirklich kommt es mir vor, als wäre der in wildem Tempo galoppierenden Rotte geradezu anzusehen, wie das die Blickschärfe trübt; jedenfalls haben diese ungeschlachten Burschen, was so gar nicht zu ihnen passen will, schwarz umflorte, melancholisch dreinblickende Augen, und mit einem schon mürrischen Ernst starren sie auf den Erdboden vor ihren wirbelnden Klauen, über den sie dahinrasen. An einem Menschen, wenn er rennt, ist so viel Kopf nicht häufig zu beobachten. Nicht wie ein Sportler, scheint mir, habe ich meine Happy days verbracht, sondern eher wie dieser Wildschweinfrischling, der, bei mächtigem Kopf, aber schwachen vier Beinen, die große Schnauze im traurigen Ge-

sicht fest bis zur Brutalität zusammengebissen hat. Und wenn ich mir vorstelle, wie ich damals aussah, neige ich dazu, mir einzubilden, ich hätte tatsächlich längs über den Rücken deutlich sichtbar dieselben krallenähnlichen Streifen gehabt. Möchte am liebsten dem Frischling da den Gürtel um die pralle Hüfte schlingen und ihm das ›Klettenschwert‹ aus dem japanisch-russischen Krieg umhängen. Vielleicht, wer weiß, kommt ja das kleine Wildschwein hahaha! mit dem schweren, klirrenden Ding doch irgendwie zurecht und legt eine ordentliche Laufleistung hin – mit kurzen, schnellen Schritten wenigstens, oder? Erzählt er von seinen Happy days, indem er das Tierfoto als Vorwand benutzt. Redet er abstrakt, ein wenig auch verschleiernd. Dann fragt er zwar, ob sie mit der Niederschrift wieder beginnen wolle, macht sich aber selber keineswegs daran, vom wirklichen Leben im Speicher zu berichten. Das Gefühl der Blähung, verursacht durch die sich verdickende Leber, sei das übliche und habe nicht damit zu tun, dass in den ausgezehrten Teilen seines Leibes etwa noch Fleisch und Fett in Mengen zurückgeblieben wären; kurzum: Die Bombe nimmt allmählich an Volumen zu, sie dringt in die weichen Schichten unter der Haut ein, und ich bin unfähig, mich zu konzentrieren. Murrt er missvergnügt. Käme diese Bombe von einer harten Leber durch irgendein körperliches Versehen mit einem Knall aus ihrer gegenwärtigen Position herausgefahren, wäre das zweifellos eine Erleichterung. Immerhin beherrscht die von diesem wuchernden, steinartigen Ding ausgehende Blähung mein Unbewusstes selbst dann, wenn ich schlafe, so dass ich schon das Gefühl habe, nicht einmal der Schlaf sei mehr meine Sache. Sagt er. Bei der Testamentsnotarin weckt dies, wenngleich eher subjektiv, nun doch ein Interesse an der Niederschrift: Vielleicht liegt es aber gar nicht an deinem Zustand, wenn du das Diktieren zunehmend als lästig empfindest. Vielleicht waren in dem Leben im Speicher, obzwar du da von deinen Happy days sprichst, Vorkommnisse enthalten, die du in das Diktat nicht gern einfließen lassen möchtest. Und einmal angenommen, es würde sich dabei um einen Vorgang in deinem Unbewussten handeln, so wäre es doch, nicht wahr, durchaus denkbar, dass das Gefühl der Blähung, das du als ein Unbehagen bis hin ins Unbewusste empfindest, umgekehrt die Auswirkung eben jener unangenehmen Erinnerungen ist. Folgert die Testamentsnotarin, und es klingt wie eine Art Aufforderung. Doch er lacht: Hahaha! Und hierauf: Tatsächlich nenne ich die Zeit damals die ersten *Happy days in meinem fünfunddreißigjährigen Leben. Da ich sie nämlich mit den jetzigen, meinen* letzten *Happy days vergleiche, in denen ich mich anschicke, langsam und doch auch wieder schnell an Krebs zu sterben. Stellt er klar, und: Bitte jetzt den Doktor, dass er mir eine Spritze gibt, die meine verbliebene Lebenskraft auf eine kurze Spanne konzentriert, damit sie sogleich verbrennt. Man sollte es, finde ich, dem Patienten überlassen, zu wählen zwischen einem verlängerten, aber kraftlosen Dasein und der Verkürzung auf ein konzentriertes Leben. Nun, möglicherweise ist die Mattigkeit bis morgen verflogen, das Fieber gesunken; dann wollen wir fortfahren. Sagt er, wobei er einzuschlafen beginnt.*

Beim Bau des Rundfunkempfängers, der die Ausmaße eines Pferdeleibs hatte, war der Junge SEIN Gehilfe. Zwei solcher

Apparate, europäischen Fabrikats und vom Besten, was in den dreißiger Jahren in Shanghai zu bekommen gewesen war, hatte der ALTE auf den Speicherhof geschickt. Jetzt ging es darum, auf dem großen viereckigen Tisch, der vor dem mechanischen Rasierstuhl stand und, weil man ihn einst für die Seidenraupenzucht benutzt hatte, noch durchtränkt war vom Geruch der Körperflüssigkeit ungezählter Seidenraupen, die beiden Apparate auseinanderzunehmen und sie hierauf zu einem einzigen Empfänger zusammenzusetzen. Als die Arbeit schließlich beendet war, klemmte sich der ALTE einen Kopfhörer, wie ihn die Telegraphen-ingenieure haben, auf seinen großen Schädel und hörte den ganzen Tag Radio. Der Bau des Rundfunkempfängers wurde, unmittelbar nachdem der Junge im Speicher sesshaft geworden war, in Angriff genommen; er erforderte ein dreimonatiges Arbeitsprogramm. Nach Fertigstellung des Apparats machte es sich der ALTE zur Gewohnheit, die einmal zur Beobachtung einer Sonnenfinsternis benutzte Unterwasserbrille und den Kopfhörer, der seinen Schädel noch größer erscheinen, noch unheimlicher aufschwellen ließ, so gut wie nie mehr abzusetzen. Den Jungen überkam die Zwangsvorstellung, ein Fremder, der einen Blick in den Speicher würfe, könnte IHN für einen Spion beim geheimen Funkverkehr halten, und er band sich das ›Klettenschwert‹ an die Seite und ging gewissenhaft auf Patrouille.

Du selber hast also gar nicht Radio gehört? Wendet sich nach hinlänglicher Schweigepause die Testamentsnotarin mit ihrer

Frage an ihn, der, schon nach diesem kurzen Stück Diktat schwer atmend innehaltend, einer heftigen körperlichen Erschlaffung Herr zu werden versucht und ihr hierauf erwidert: Ich wollte nicht Radio hören. Während der Happy days war es meine hauptsächliche Aufgabe, IHN mit SEINEM mächtigen Kopf, wie ER da gedankenversunken in den Äther lauschte, von hinten zu beobachten und IHM zugleich die freiwilligen Denunzianten aus dem Tal vom Leibe zu halten, die aus lauter Ruhmsucht so gern einen Spion aufgespürt hätten; außerdem, um ehrlich zu sein, war ich kein Kind, das sich für Radioapparate interessierte. Wie ich IHM denn dann beim Zusammenbau des Empfängers hatte helfen können? Nun, indem ich, damit ER nicht jedes Mal von dem Rasierstuhl herabsteigen musste, die vom Arbeitstisch gerollten Schräubchen aufhob, und das war alles. Natürlich nicht leicht: auf dem dunklen Speicherboden herumzukriechen und nach den winzigen Schräubchen zu suchen; eine Arbeit, die man keinem Hund zugemutet hätte. Sagt er.

Um für IHN und seine Mutter sowie für sich selber Vorräte heranzuschaffen, unternahm er gewaltige Anstrengungen. Auch benutzte er hierfür das hohe ›Achter‹-Fahrrad, auf dem er bei der damaligen Kürze seiner Beine trotz niedrigster Sattelstellung die Pedale kaum mit den Fußzehen richtig erreichen konnte, so dass er stehend fuhr, wobei er das eine Bein durch das Rohrdreieck zwischen Vorder- und Hinterrad nach der anderen Seite hin durchsteckte; mit dieser ›Durchstecken‹-Methode, die eine erhebliche Neigung des gesamten Fahrrads zur Folge hatte, trampelte er eine lange und gefahrvolle Stunde bis in die nächste, flussabwärts gelegene Kleinstadt, um dort in der weit und breit einzigen Metzgerei auf SEINEN Befehl Ochsenschwanz und Schweinsfüße einzukaufen, die in jener Gegend außer den koreanischen Waldarbeitern niemand aß. Das dicke, sperrige Paket – er hatte den letzten Ochsenschwanz erstanden, und von den Schweinsfüßen waren noch nicht einmal die Borsten abgeschabt – wurde auf den Gepäckträger gebunden, und so trat er talaufwärts den Rückweg an. Tatsächlich war diese Fahrt zum Fleischeinkauf die erste Arbeit gewesen, mit der ihn der ALTE direkt beauftragt hatte. Nachdem er sich im Speicher auf dem Stampflehmboden seine Schlafstelle eingerichtet hatte, war er einige Tage lang mit keinem einzigen Blick von dem ALTEN beachtet worden. Als er jedoch eines Morgens mit einem undeutlichen Bangegefühl die Augen aufschlug, war ER von SEINEM mechanischen Rasierstuhl herabgestiegen, stand ER hoch aufgereckt wie ein Wächterkönig vorm Tempel auf dem gedielten Teil des Speichers und blickte auf den Jungen herab. Und dieser, erst halb bei Bewusstsein, lächelte zu IHM hinauf, war gleich darauf aber über sich selbst bestürzt, dass er sich eine solche Vertraulichkeit geleistet hatte, und dann wieder fühlte er sich wie in kindlicher Wut gedemütigt, weil sein Lächeln übersehen wurde. Denn nun geschah es, schleuderte ER dem noch immer stummen Kind die ersten Worte im Speicher entgegen:

– *Kannst du Rad fahren?*

Der lange Weg war so, wie er die geschotterte, hochsommerlich weiße Straße davor und danach in seinen Träumen immer wieder gesehen hatte. Doch mit der ›Durchstecker‹-Fahrt hinunter in die Nachbarstadt zum Metzger war es nicht getan, auf dem Rückweg sollte er an den selbst von der ärmlichsten Siedlung streng isolierten Baracken der aus Korea zwangsverpflichteten Waldarbeiter um einige Zehen Knoblauch bitten. Da er nun meinte, Ochsenschwanz und Schweinsfüße wären, hätte ER sie nicht für sich beansprucht, hätte ER sie ihnen nicht weggenommen, die Ration für diese Waldarbeiter gewesen, war er vor den Baracken besorgt darum, dass das Paket mit Ochsenschwanz und Schweinsfüßen auf seinem Fahrrad den Koreanern nur ja nicht in die Augen fiele; und mit knapper Not schaffte er es auch, dass später an der Brücke ins Tal hinein die Horde der Kinder die weißen Knoblauchzehen nicht entdeckte, die er sich unters Hemd mit einem Strick auf den nackten Bauch gebunden hatte. Einmal waren diese kleinen Teufel aus dem Tal in einem ganzen Trupp wie zu einer peinlichen Auskundschafterei auf dem Speicherhof erschienen und hatten behauptet, hier rieche es irgendwie komisch aus der Jauchegrube; da hatte er ihnen aber am Schöpfloch der eigens für den ALTEN angebauten Speichertoilette den Weg vertreten und, damit die anrückenden Feinde nicht näher kämen, mit dem zur Abwehr geschwungenen ›Klettenschwert‹ aus dem japanisch-russischen Krieg gedroht, hatte sie schließlich sogar aus dem gesamten Bereich verjagt, den die Leute im Tal die ›Speicherhof-Kuppe‹ nennen.

An dem Tag, an dem er auf dem ›Achter‹-Fahrrad den

ersten Ochsenschwanz nach Hause transportiert hatte, geschah das ungewöhnliche, dass der ALTE den Speicher verließ, um selbst zu kochen. Auf dem Speicherhof befand sich die kurz als ›Schlot‹ bezeichnete Herdhütte am Rande des an den Benkei-Baum angrenzenden, offenen Brunnens, also mitten zwischen Haupthaus und Speicher; ein Umstand, der beiden sehr gelegen sein musste: seiner Mutter, die begierig war auf den Anblick des Ochsenschwanzes, dieses unverhüllt brutalen Fleischstücks, aber auch dem ALTEN, der allein schon in seiner Rolle als provisorischer Koch unvermeidlich einiges an Würde einzubüßen hatte. ER trug einen Helm wie die Afrikaforscher auf dem Kopf, dazu die bis zum Kragen hinauf fest zugeknöpfte Wintermontur der ›Volksuniform‹ und wieder die einst zur Beobachtung der Sonnenfinsternis benutzte Unterwasserbrille, wirksam jetzt, um das Licht des vollen Sommermittags abzuhalten und gleichzeitig als Schutz dagegen, wenn das von seiner Mutter ausgelassene und aufgesparte billige Schweineschmalz beim Hineingeben in die große erhitzte Pfanne spritzen sollte – so erschien ER, stachelbärtig, an der Speichertür, und das in einer Haltung, als werde man sogleich Augenzeuge des ersten längeren Ausmarsches eines Spielzeugs, nämlich der damals überaus beliebten hölzernen Automatenpuppe, die, einen Soldaten vorstellend, so konstruiert war, dass sie, man brauchte sie nur auf eine schräge Fläche zu stellen, mit abwechselnden Bewegungen ihrer Beine vorwärts marschierte, allerdings sehr leicht auch umpurzelte. Von SEINEM rechten Arm hing, das schwarze Fell blut- und dreckverkrustet, die einzelnen Glieder noch nicht eingehackt, der mächtige Ochsenschwanz, ER hatte ihn bei der Schnittfläche gepackt, an der deutlich das tiefrote Gelenkfleisch, zudem die weißen Knochen zu sehen waren; in der linken Hand hielt ER den in einer rohen Holzscheide steckenden Dolch, und langsam schritt ER auf den ›Schlot‹ zu. Der Junge erwartete IHN im Hof; Hemd, Hose und den falschen Helm, die von der langen Hatz, von dem Geschüttel auf dem Fahrrad völlig durchgeschwitzt gewesen waren, hatte er in dem im Talgrund fließenden Fluss gewaschen und zum Trocknen auf die dicken Stümpfe der Quittenweide gehängt, er trug also nur die dreieckige Badehose wie sonst die Knirpse, wenn sie im Fluss schwammen, und hatte das ›Klettenschwert‹ umgebunden. Jetzt wandte der ALTE ihm das über und über bartbewachsene und im Gegenlicht blass und gedunsen wirkende, mondgroße Gesicht zu und befahl ihm leise mit einer rauen Stimme:

– Geh, pflück mir Bitterbinse! Du weißt schon: die Halme, von denen ihr sagt, sie riechen euch zu stark. Die auch die Ziegen nicht fressen. Hol mir welche davon!

Und der kleine Nackte sprang los, wie ein Tier galoppierend, um den Befehl sogleich auszuführen. Als er jedoch am Waldrand schon in das feuchtheiße Dickicht eingedrungen war und Bitterbinse pflückte, kamen ihm Bedenken: so etwas zu tun hieß eine gesetzwidrige Handlung begehen, wie sie kein ehrlicher Mensch aus dem Tal auf sich laden würde; und war es nicht überhaupt der öffentliche Missbrauch aller im Wald wachsenden Pflanzen, war es nicht ein Sakrileg?

Er hatte den Eindruck das stolze Hochgefühl darüber, dass er das vom ALTEN benötigte Ochsenschwanzfleisch richtig erstanden hatte, beginne in ihm wie durch Fäulnis zu entarten, um sich in das reziprok gleichwertige Gefühl einer so leicht nicht abwaschbaren Schande zu verwandeln. Dennoch, und obwohl er die stark duftenden Binsen noch nie zuvor mit der Hand berührt gehabt, überwältigte ihn jetzt eine Art ›Fresser‹-Instinkt; er band sich ein ›Würz-Bukett‹, gewiss das üppigste, das in diesem Tal zusammenzubringen war, riss sogar, und mitsamt den Strünken, vertrocknet dastehende Tomatenstängel aus, auch die schon halb zu Binsen geworden, mit gelben, kugligen Früchten daran, groß wie die Pingpong-Bälle, und lief zu dem ALTEN zurück.

Ich habe später selbst manche Erfahrung mit der Herstellung eines Tail-stew gesammelt, doch wenn ich mich an die Bitterbinse zurückerinnere, die ich an jenem Tag pflückte, so ist mir da, bilde ich mir ein, in der Tat so etwas wie ein angemessenes Würz-Äquivalent zu dem gelungen, was sonst, von Sellerie und Petersilie angefangen bis hin zum getrockneten Lorbeerblatt, unbedingt an ein Tail-stew gehört, in dem Tal aber nicht aufzutreiben gewesen wäre. Auch ist mir, als hätte der ALTE zum Schmoren des mit Schweineschmalz angebratenen Ochsenschwanzes sogar eine heimlich beiseitegelegte Flasche Wein zur Verfügung gehabt, und es wäre IHM zudem gelungen, die Brühe im Voraus zu bereiten und sie während der zweiten Schmorstufe nach und nach an den Ochsenschwanz zu geben. Ließe ich dich allerdings dergleichen Andeutungen, die den damaligen

Umständen zu widersprechen scheinen, schriftlich niederlegen, würde ich mir damit zweifellos den Spott meiner Mutter einhandeln; weshalb ich das also so nicht diktieren werde. Wie auch immer, ich jedenfalls halte meine Eindrücke für realistisch. Sagt er.

In Draufsicht wie auf einem vor ihm liegenden überbelichteten Fotoabzug sind in seine Erinnerung eingebrannt: die dunkel beschattete große Pfanne auf dem im allmählich verblassenden Licht des Tages grellrot flackernden Herd, das ebenfalls dunkel beschattete Gesicht des ALTEN, SEIN weiß leuchtender Helm und wie ER, ohne die vom aufbrodelnden, dichten Dampf zweifellos beschlagene Unterwasserbrille abzusetzen, mit sorgenvoll gesenktem Kopf hinunter in die Pfanne blickt. Einige Schritte hinter IHM, Kopf und blanke Brust der Sonne ausgesetzt, stand er, der Junge, und vernahm das Gerumpel, mit dem die beim Kochen aufsteigenden, schwer mit Fleisch behafteten Stücke des Ochsenschwanzes wieder hinabsanken und auf dem Pfannenboden aufschlugen; sog er, wiewohl mit Widerwillen, den unbeschreiblich brutalen Tiergeruch in seine Nase. Unablässig rollten ihm die Schweißperlen über den nackten Rücken, ja es war, als kerbte sich aus seinem Rückgrat der scharfe Wellenkamm eines Dinosaurierbuckels. So verharrte er im Licht der Sommersonne lange Zeit, und als dann die Sonne einen bestimmten Winkel zu den bewaldeten Höhen unterschritten hatte, ging wie immer in dem Tal rasch die Abenddämmerung vorbei, brach unversehens die tiefe Dunkelheit herein, so dass das Feuer auf dem Herd noch röter flackerte, und der Junge hörte, wie am Waldrand oben die Rudel der verwilderten, ausgehungerten Hunde zu bellen anfingen.

Gleich darauf wandte sich der ALTE um, in dem jetzt tiefschwarz überschatteten Gesicht lag nur auf den Rändern der Unterwasserbrille ein schwacher Glanz, und war es bis dahin eine Art von Besessenheit gewesen, wie ER sich ausschließlich und voller Eifer mit dem Kochen befasste, so schien diese Besessenheit jetzt plötzlich von IHM abgefallen zu sein, denn mit der Stimme eines soeben Erwachten fragte ER den ohne ersichtlichen Grund aufschreckenden Jungen:

– *Kannst du mich stützen? Ich bin schwer!*

Fröstelnd von dem auf einmal kühleren Wind aus dem Talgrund herauf, dazu auf dem noch immer bloßen Oberkörper das Gefühl, als wäre, obwohl der Schweiß längst getrocknet war, der Wellenkamm des Dinosaurierbuckels wie eine Narbe zurückgeblieben, straffte sich der Kleine und trat vor. Der ALTE stemmte, den Knauf eines Stockes umklammert man so, SEINE Hand auf den Kopf des Jungen und begann Schritt für Schritt auf den Speichereingang loszugehen. Dabei dachte der Knabe (noch heute hat er das ganz real und deutlich in Erinnerung): Der ALTE mit SEINEM Gewicht, ER wird mir das Genick brechen! Und gleichzeitig (komischerweise) schrie er: *Lang lebe Seine Majestät der Tennō!* War er überzeugt: So bin ich anerkannt als derjenige, der in Wahrheit das Erbe SEINES Blutes antritt.

Als die Testamentsnotarin eine verstörte Bewegung macht, fragt er sie voll tiefen Misstrauens: Ja, meinst du, ich erfinde diese Geschichte? Und, scheinbar unzufrieden, in einem zurechtweisenden Tonfall: Ich, ein Mann, dessen Leber vom Krebs befallen ist und der jeden Augenblick sterben kann – warum sollte ausgerechnet ich dir Dinge diktieren, die erdichtet sind? Auch werde ich im folgenden ausführlich berichten, wie der Arzt aus dem Tal herausfand, dass der ALTE an Blasenkrebs litt. Ich wünschte, meine Erzählungen vom Krebs würden bei dir, wenn schon nicht mir, so doch dem Krebs gegenüber wenigstens eine Spur von Ehrfurcht erwecken. Sagt er.

Der Junge und ER waren allmählich bis zum Speichereingang vorangekommen, an der feuersicheren Tür aber, über die vielfach gestufte, hohe Schwelle hinweg schafften es SEINE Füße einfach nicht: Langsam angehoben wie die Beine eines Zirkuselefanten, der auf die Tonne steigt, fielen sie jedes Mal kraftlos wieder zurück. Und als sich der Junge auf die Erde kniete und SEINE Beine mit beiden Händen bei den dicken, pfahlartigen Waden packte, um IHM hochzuhelfen, kippte der ALTE mit der Abruptheit eines kleinen Kindes, jedoch mit einer Wucht, dass davon der Boden dröhnte, nach hinten um. Dabei sprang aus dem vorderen, schon längst durch keinen Knopf mehr gesicherten Latz der ›Volksuniform‹-Hose wie von selbst der große schwärzliche Penis hervor, und ein Strom übelriechenden Urins ging ab, der den vor Schreck über das Missgeschick erstarrt daknienden Jungen von der nackten rechten Brust bis über den halben Hintern besudelte. Die Finger, mit denen er sich verlegen abputzte, wurden klebrig davon, und als er sie trocken zu wischen versuchte, hatte er auf seiner Hand das unbehagliche Gefühl wie von der Berührung mit etwas Schleimigem, das jedenfalls dicker war als Urin. In diesem Augenblick, unverändert auf dem Rücken liegend, und indem ER sich mit der einen Hand bemühte, den nach der Entleerung auf der durchnässten Hose bis zur Unkenntlichkeit geschrumpften Penis irgendwie wegzustecken, befahl der ALTE mit einer noch gelasseneren, nun völlig wachen Stimme:

– Lauf und hole diesen Buschdoktor! Sag ihm, mit meiner Blase stünde es schlecht!

Der Junge war aufgesprungen; ohne sich anzuziehen, rannte er den gepflasterten Weg hinunter und hielt bis an die Tür des Arzthauses nicht einmal inne; als er in dem durch die Glasscheiben herausfallenden Licht bemerkte, dass seine nackte Brust mit Blut beschmiert war, brach er in ein lautes, erbärmliches Weinen aus.

Von diesem Sommer des Jahres 1944 bis zu jenem bestimmten Tag im folgenden Sommer, an dem die aus ihren Kasernen davongelaufenen Soldaten IHN abholen kamen, hat ER keinen Schritt mehr hinaus aus dem Speicher getan. Der alte Doktor aus dem Tal, der schon vor dem Krieg SEINE Blase behandelt gehabt, hatte gleich bei Antritt des Krankenbesuchs in jener Nacht mit kläglicher Hilflosigkeit geurteilt: Lieber Herr, da habt Ihr nun also doch Blasenkrebs! *Schildert der jetzt im Bett Liegende die Situation, um dann fortzufahren: Ich selber, ich hatte bereits in dem Augenblick, als ich mir die Hand mit SEINEM blutigen Urin beschmierte (und damit fing die Aufregung ja an, die sich vom frühen Abend hinzog bis gegen Mitternacht), das untrügliche Gefühl, es müsse sich hier um ein bedeutsames Omen handeln; aber dann hat es noch einmal fünfundzwanzig Jahre gebraucht, und erst als ich wusste: ich habe Krebs wie ER, und ich starrte auf meine Hände, die sich abermals röteten, war ich überzeugt davon, dass sich mir in dem Blut ein Zeichen geoffenbart hatte. Wenn ich mir also einbilde, mein fünfunddreißigjähriges Leben sei bis in solche Einzelheiten herrlich geradlinig verlaufen – wen wundert's? Da jedoch unterbricht ihn die Testamentsnotarin: Und was wurde aus dem Ochsenschwanz? Das kommt allzu unerwartet. Aus dem Tail-stew? Er ist verwirrt; um aber seine Verlegenheit zu kaschieren, auch weil er – die innere Unruhe dauert an – mit leerem Kopf keine klaren Worte zu formulieren vermag, lacht er zunächst einmal: Hahaha! Dann allerdings: Ich habe mir schließlich keine gewöhnliche Testamentsnotarin ausgesucht. Für diese Aufgabe ist ein angeborener Realitätssinn vonnöten. Wenn du freilich alles, was ich diktiere, und ich mag es noch so blutlebendig schildern, für erfundene Geschichten hältst, wenn du jede Beschreibung relativierst und Blasenkrebs und geschmorten Ochsenschwanz als gleichwertig empfindest, erschwert mir das mein Anliegen natürlich sehr. Sagt er. Und hierauf die Testamentsnotarin: Du weißt aber doch, dass ich für Oxtail-stew eine Vorliebe habe, nicht wahr? Hast mir ja oft genug bei der Zubereitung geholfen. Deshalb beunruhigt es mich, dass die Pfanne mit dem schmorenden Ochsenschwanz auf dem Feuer geblieben sein könn-*

te. Erwidert sie, und er lacht: Hahaha! Was sind diese Leute, die noch lange zu leben, mich zu überleben haben, so fröhlich und geradezu, wie stehen sie mit beiden Beinen fest auf der Erde! Und hieran anschließend berichtet er: Zu ihnen gehört auch meine Mutter, auch sie ist so ein langlebiger Mensch, und also kam sie in jener Nacht, obwohl der Doktor sie davon in Kenntnis gesetzt hatte, dass es sich bei IHM um Blasenkrebs handele, keineswegs etwa den im Speicher liegenden Kranken besuchen, aber mit umso größerer Umsicht behandelte sie die Pfanne mit dem schmorenden Ochsenschwanz im ›Schlot‹. Und das, nachdem sie zunächst so getan hatte, als wolle sie etwas so Fürchterliches wie einen Ochsenschwanz nicht sehen. Wahrscheinlich entsprang dies der damals herrschenden Hochachtung vor dem Essen ganz allgemein. Als ich am nächsten Morgen auf SEIN Geheiß im ›Schlot‹ nachsehen ging, war das Stew fertig zubereitet. Aber ich wusste nicht, wie ich das in einen kleineren Topf umgefüllte Stew auf den Teller kriegen sollte, also brachte ich IHM, man hatte IHN im Speicher auf den gedielten Teil gebettet, den ganzen Topf. Um meinen eigenen Magen zu versorgen, blieb mir nichts anderes übrig, als hinüber zum Haupthaus in die Küche zu gehen. Normalerweise bekamen wir, die wir uns in den Speicher verkrochen hatten, von dem ab, was meine Mutter mittags und abends zubereitete, so dass jetzt mein Anteil vom Abend zuvor, da hatte ich ja überhaupt nichts gegessen, noch hätte übrig sein müssen. Als ich durch den Kücheneingang trat, war meine Mutter im angrenzenden gedielten Zimmer dabei, die Gerätschaften für das Herbstfest unseres O-Kōshin auszubessern und zu polieren. Seit dem Tag, an dem die Asche meines älteren Bruders zurückgekommen war, nahm meine Mutter keinerlei Anteil mehr am Leben und Treiben im Tale, tat keinen Blick mehr ins Tal, hob noch nicht einmal mehr die Augen, um ihre unmittelbare Umgebung wahrzunehmen; dafür hatte sie angefangen, sich mit Inbrunst ausschließlich um den heiligen O-Kōshin zu kümmern, und daran hat sich bis heute nichts geändert. Ich wolle frühstücken, sagte ich, und darauf meine Mutter, sehr förmlich, sie hatte so was wohl erwartet:

– Nachdem ER sämtliche für die Suppen aufgesparten Gemüse, und nur die ernähren die ganze Familie, zu jenem ekligen Ochsenschwanz in die Pfanne geworfen hat, ist für uns rein gar nichts mehr übrig.

Dabei warf sie mir mit gesenktem Kopf von unten herauf einen funkelnden Blick zu. Da nahm ich mir, in jede Hand ein paar von den brotartigen, gedämpften Dingern aus Maisschrot, vermischt mit ein wenig Weizenmehl, und lief hinaus in den Hof, denn ich dachte: Wirst du die zusammen mit dem Gemüse essen, das noch in dem restlichen Schmorsud in der Pfanne schwimmt. Doch wie sehr ich auch mit ausgestreckter Hand in der Pfanne herumfuhr, in der trüben Brühe war alles zerfallen, hatte sich längst aufgelöst; lediglich eine Menge Faserbündel trieben auf dem Boden, und die waren von einer Art, dass mich, während ich da im Winkel des ›Schlots‹ in der großen Pfanne rührte, von den Fingerspitzen her ein Ekel durchfeuchtete, der mich einen Augenblick lang in den Zorn meiner Mutter einstimmen ließ. Zwar bekam ich, indem ich Wasser aus dem Brunnen dazu trank, die bretthartren ›Mais-Brote‹ schließlich doch hinunter, aber für eine Weile kehrte ich nicht in den

Speicher zurück. Der ALTE indessen, dem in der gerade eben vergangenen Nacht erst der Doktor SEINEN Blasenkrebs diagnostiziert hatte, nahm sich den Ochsenschwanz vor, der noch immer brutal nach Tier roch (das hatte das ganze am Waldrand gesammelte ›Würz-Bukett‹ nicht beseitigen können), ein Stück ums andere nagte ER ab, während ER den Schwanz an beiden Enden mit SEINEN dicken, runden Fingern festhielt. Mir gab ER nicht das kleinste Fetzchen davon ab, aber vielleicht war das, denke ich mir, weil ER fürchtete: Wenn man in dem vom Wald umschlossenen Tal und noch dazu am früheren Morgen dergleichen isst, könnten die seit Ewigkeiten im tiefen Dickicht hausenden Dämonen und Gespenster den Geruch in die Nase kriegen und herabgestiegen kommen. Als ER später körperlich einfach nicht mehr fähig war, auch nur zum Kochen aus dem Speicher herauszuwanken, musste ich, natürlich genau nach SEINEN Anweisungen, bisweilen einen Ochsenschwanz, wenn ich einen erwischt hatte, oder wenigstens Schweinsfüße kochen. Ich warf die Stücke, wie sie waren, in das in der großen Pfanne siedende Wasser, gab nach einiger Zeit etwas Gerste oder sonst ein Getreide hinzu, auch Gemüsereste, die ich hinter Mutters Rücken an mich gebracht hatte (sie war jetzt vorsichtig geworden, von dem Zeug für ihre Suppen wie Zwiebeln und Möhren ließ sie nichts mehr herumliegen), und schließlich rührte ich zusammen mit dem Salz noch einige Krümel Knoblauch hinein, der sich nun freilich nie in die Küche meiner Mutter verirrte. Das war alles. Anzunehmen, dass es sich bei SEINEN so vereinfachten Kochanweisungen um den Versuch handelte, SEINE auf dem chinesischen Festland gemachten Erfahrungen hier im Tal im verkleinerten Maßstab wiederzubeleben. Wenn es damals in den Talgemeinden und in ihrer Umgebung einen gab, der mit seinen Essensgewohnheiten den koreanischen Waldarbeitern am nächsten kam, so ist ER es gewesen. Noch die härtesten Arbeitsbedingungen standen diese Koreaner durch, und auch ER, der ALTE, wurde ungeachtet des fortschreitenden Blasenkrebses dank SEINES speziellen, mit Knoblauch versetzten Eintopfs immer fetter, was sich, ein Vorgang ähnlich dem Lawinenphänomen, durch nichts verheimlichen ließ. Sagt der an Leberkrebs Erkrankte.

6.

Seit Anfang August befinde er sich in einer ständigen Erregung. Selbst im Schlaf komme er davon nicht los. Heißt es. Das wilde Gejammer zwar wie früher habe aufgehört, aber er gebe wieder und wieder ein wütendes ›Oh – oh!‹ von sich. Andererseits bleibt er gegenüber der Testamentsnotarin dabei, er habe, was diese bezweifelt, nicht die leiseste Erinnerung an die Inhalte seiner Träume. In den letzten Tagen hast du wiederholt die Sorge geäußert, deine Mutter in der Provinz könnte diese sommerliche Hitze nicht überleben; besteht da nicht vielleicht doch ein Zusammenhang mit deinen Träumen? Fragt die Testamentsnotarin. Hierauf er: Das wäre nicht auszuschließen. Denn brächte sie es wirklich fertig, vor mir zu sterben, ausgerechnet jetzt, da ich mit meinen fünfunddreißig Jahren endlich den Schlüssel dafür in der Hand halte, wie ich sie zu guter Letzt hereinlegen kann – ich hätte zum Weinen natürlich keinen Anlass. Antwortet er, zunächst durchaus sachlich. Um sich jedoch gleich darauf aufs Neue zu erregen: Gesetzt den Fall, meine Mutter würde, was einem Vertragsbruch gleichkäme, Selbstmord begehen, allerdings so geschickt, dass der Anschein entstünde, es wäre ein natürlicher Tod aus Altersschwäche gewesen, so hätte ich doch keine Gelegenheit mehr, das praktisch zu überprüfen. Sie ist nun einmal ein derart boshafter Mensch, dass sie kaltblütig sogar dazu imstande wäre, durch ein nachdrückliches Fasten die geschwächten Teile der eigenen Eingeweide gemächlich jenen letzten Abhang hinabrollen zu lassen, von dem es keine Wiederkehr mehr gibt. Sagt er, von Grauen geschüttelt. Demnach hättet ihr euch gegenseitig das Versprechen abgenommen, niemals Selbstmord zu begehen? Wirft die Testamentsnotarin ein, und er braust auf: Wenn mich meine Mutter, damit ich ja keinen weiteren Selbstmordversuch unternähme, unausgesetzt so peinigte und beleidigte, dass mein Grundverhalten gegenüber der Gesamtheit der anderen Heranwachsenden damals in der Oberschulzeit völlig durcheinandergeriet – meinst du etwa, eine solche mir angetane Gewalt hätte nicht auf meine Mutter zurückgeschlagen? Also ist das doch sozusagen ein Kontrakt, oder? Oh, ich wollte, meine Mutter würde, wie es mir geschah, auf frischer Tat, beim versuchten Selbstmord ertappt; da könnte ich sie mit Recht des Vertragsbruchs anklagen! Sagt er. Dabei ist, was ihn vom frühen Morgen bis spät in die Nacht in solcher Erregung hält, allein der Umstand, dass jener Augusttag abermals näherrückt, jener Tag, an dem er vor fünfundzwanzig Jahren, angeführt von zehn desertierten Offizieren und Soldaten, gemeinsam mit dem ALTEN im Kastenwagen losfuhr in Richtung Provinzstadt, und wieder und wieder muss die Testamentsnotarin ins Arztzimmer laufen und Maßregeln erbitten, um ihn zu beruhigen. Vor allem beharrt er darauf, im jetzigen, fünfundzwanzig Jahre späteren Sommer unter möglichst denselben Temperatur- und Witterungsbedingungen wie damals die Ereignisse eben jenes fernen Tages abermals zu durchleben, weshalb er auch die Klimaanlage im Zimmer abstellen lässt: Ich werde ja keinen Sommer mehr haben, in dem ich jenen Tag noch einmal nacherleben könnte; warum dann wollt ihr mich um diesen letzten Sommer betrügen? Lautet sein

Argument. Doch in dem nichtgekühlten Krankenzimmer nimmt seine körperliche Erschlaffung um so rascher zu; schwer atmend den ganzen Tag und unfähig, ein einziges Wort zu diktieren, wird er müde, schläft er ein, träumt er und stöhnt im Traum sein wütendes ›Oh – oh!‹. Am nächsten Morgen nach einem solchen Tag äußert er sich zum ersten Mal seit Aufnahme von Diktat und Niederschrift in einem zuvor so nie gehörten verzweifelten Tonfall. Er sagt: Wenn ich mir jene Deserteure, die den vom Blasenkrebs blutenden ALTEN im Kastenwagen abholten und damit endgültig herausrissen aus dem Tal – wenn ich sie mir deutlich vergegenwärtige, so tauchen sie, besonders die Offiziere unter ihnen, stets mit dem Aussehen der Besatzungssoldaten aus meiner Erinnerung herauf. Überhaupt erscheint in meiner Vorstellung die Militärperson als eine ›Doppelstruktur‹: zum einen als der japanische Soldat aus der Zeit kurz vor der Niederlage, zum anderen als der amerikanische Soldat, der nach Kriegsende als Besatzer ins Land kam. Sie bilden, durchaus getrennt in zwei einander unscharf überdeckende Figuren, und wo sie sich eng berühren, verlaufen sie in eins. Ich werde dir also konkret nichts Genaues über die Kleidung jener jugendlichen Offiziere und Soldaten diktieren können, die damals ins Tal kamen. Obwohl das natürlich ein außerordentlich wichtiges Kapitel wäre! Obwohl du, weil es fehlt, zweifellos all das, was ich sonst berichte, für nichts anderes halten wirst als für Übertreibungen, für reine Phantastereien! Obwohl gerade dort die Quelle der Energie, ja des Lichts zu suchen ist, das zuletzt die Gesamtheit meiner Happy days erstrahlen ließ, nicht zu reden davon, dass seither alles in meinem

Leben angetrieben, in Gang gehalten wurde von eben jener Kraft und mein naher Tod selbst überglänzt sein wird von jenem Licht! Klagt er und zittert dabei am ganzen Körper, außerstande, das weitere Anwachsen der in der Klage wurzelnden Erregung zu bremsen. Als jedoch die Testamentsnotarin ihm hilfreich die Hand bietet, indem sie sich bereit erklärt, Fotosammlungen mit Darstellungen des Kriegsalltags zu suchen, um so seine Erinnerungen objektiv abzusichern, stößt er sie rigoros zurück: Ich habe meine Erlebnisse in einer ganz bestimmten Form gemacht; diese Erlebnisse sind noch heute in mir lebendig, und allein die daran orientierte ›Geschichte einer Zeitgenossenschaft‹ ist es, die ich dir diktieren möchte. Würde ich meine nicht völlig sicheren Erinnerungen gestützt auf das aufpolieren wollen, was andere, mir zudem Unbekannte mit der Kamera festgehalten haben, so wäre das die ›Geschichte einer Zeitgenossenschaft‹, die kaum das Zeug hätte, mich und meine Mutter mit der Kraft der Wahrheit zu erreichen. Sagt er, irritiert, und bekommt Augen, rot wie Damaszenerpflaumen. Wenn ich allerdings an den hochsommerlichen Spätnachmittag denke, an dem damals die Offiziere und Soldaten ins Tal kamen, und ich stand eingekeilt zwischen gelangweilten Evakuierten und jungen Talteufeln und sah, wie sie diesseits der von der Landstraße hereinführenden Brücke in Kolonne den Weg blockierten, um zu erklären, sie kämen, IHN abzuholen, und man möge sie an den Platz führen, an dem ER sich verborgen halte, wenn ich daran denke, wie ich zwar völlig verschreckt war angesichts dieser unerwarteten Entwicklung, gleichzeitig aber eine Freude empfand, als wirbelten plötzlich meine sämt-

lichen Fleisch- und Blutpartikel unter elektrostatischer Aufladung durcheinander, so wird mir klar, welch schwieriges Unterfangen es ist, das alles jetzt und hier mit meinen eigenen Worten wieder lebendig werden zu lassen. Und in der Tat erscheint es außerordentlich kompliziert, aus der Art, wie die Offiziere und Soldaten sich bewegten, wie sie sich bei jeweils kaum zwei, drei Schritten Abstand zu einem Karree formierten und im Geschwindschritt losmarschierten, oder auch aus ihren dienstlich nüchternen Zurufen das in meinem Inneren noch jetzt existierende Ich aus jenem August 1945, diesen allmählich schon halbwüchsigen Teufel von damals wieder heraufzuholen und ihm neues, frisches Blut einzuflößen, bis er in voller Lebendigkeit dasteht. Und um auch das zu sagen: Mit eiserner Beharrlichkeit hat meine Mutter diesen jubelnden Teufel in mir attackiert, hat ihn gejagt bis an den Rand der Vernichtung. Lange Jahre hindurch, als wäre allein das der ihrem Leben noch verbliebene Zweck gewesen. Ein solches Vorgehen war in Wahrheit unbarmherziger als das des Krebses, der sich in meine Leber verbissen hat! Sagt er. Und die Testamentsnotarin: Dagegen hast du dich natürlich gewehrt, nicht wahr? Also brauchtest du dich doch nur daran zu erinnern, was du, das Kind damals, gegen die eigene Mutter unbedingt hast verteidigen wollen, brauchtest nur das herzuerzählen, und ich bin sicher, da würden sich genügend Anhaltspunkte ergeben. Meint sie. Woraufhin er, wohl zum ersten Mal, seit er krank liegt, ein Gefühl tatsächlicher Dankbarkeit erkennen lässt: Ja, wie denn? Auf einmal spielst du nicht bloß die Rolle der Protokollantin, sondern nimmst richtig Partei für meine ›Geschichte einer Zeit-

genossenschaft‹?! Stellt er fest, indem er nach Erregung und Gereiztheit unversehens eine sanfte Seite offenbart. Aber die Testamentsnotarin fährt fort: Wirklich glaube ich nämlich, du hast das Interesse an dieser Aufgabe inzwischen verloren; außerdem bist du viel zu tief in deinen eingebildeten Krebs hineingestolpert, als dass du auf Erholung rechnen könntest. Sagt sie. Und er lacht: Hahaha! Sogleich kündigt er der eben erst geoffenbarten Sanftheit mit einem staubaufwirbelnden Kratzfuß rückwärts den Dienst auf und greift listig wieder zu seinen Waffen: Wissen möchte ich, ob dich je irgendwelche Gefühle angerührt haben?! Sagt er. Dann hat er den Faden des kühlen, objektiven Berichtens von sich selbst zurückgewonnen, übrigens auch eine gewisse Vitalität, wahrscheinlich aus einer Trotzhaltung gegenüber der Testamentsnotarin. Aber gerade im Vertrauen auf diese Vitalität versucht er zunächst ein wenig zu schlafen. Wenn er aus dem flachen Schlummer erwacht, wird es tiefe Nacht sein und er körperlich und geistig viel zu erschöpft, um sich pflichtgemäß zu neuem Einschlafen zu bewegen; falls ihm die Testamentsnotarin auf ihrem Notbett dann den Gefallen tun sollte, die Augen aufzuschlagen, wird er ihr weiterdiktieren.

Den Offizieren und Soldaten als ortskundiger Führer vorauseilend, gefolgt zudem von nahezu sämtlichen jungen Teufeln aus dem Tal, die ihre Freundschaft zu ihm beim Erscheinen jener plötzlich erneuert hatten, stieg der Junge den gepflasterten Weg zur Speicherhof-Kuppe hinan, als er mit einem kindlichen Unbehagen, das sich für einen Augenblick in seine ausgelassene, strudelnde Hochstimmung mischte, bemerkte, dass seine Mutter, wie wenn eine ganze Armee vom Talgrund her angriffe, auf allen Geschossen, auch dem jetzt unbewohnten ersten sowie dem schon unterm Dach gelegenen zweiten Obergeschoss eiligst die sonst nur einige Male im Jahr bei einem drohenden Taifun benutzten doppelten Regenläden dichtgemacht hatte, und um nicht den Mut zu verlieren, hielt er im Weitergehen den Kopf gesenkt. Sowie sie vor dem Hof, am Tor im Querbau, ankamen, donnerte einer der Offiziere die Rotte der Talteufel an und jagte sie zurück. Auch im Tal wurde gelegentlich gebrüllt; aber sofern es nicht um einen innerfamiliären Streit ging, pflegte derjenige, der noch eben geschrien hatte, gleich darauf wieder in sich zusammenzufallen; er schämte sich seiner eigenen lauten Stimme, die vom Echo davongetragen worden war, hinauf bis an die Ohren der auf den bewaldeten Höhen verborgen hausenden Wesen, und hätte er auch guten Grund gehabt zu schreien, benahm er sich dem anderen gegenüber nun ganz friedlich. Dieser indessen, obwohl er aus solcher Kompromissbereitschaft seinen Vorteil zog, vergaß es nie, dass man ihn einmal angeschrien hatte, und er grollte für immer. Wenn die Talgemeinschaft einen als ›Schreier‹ bezeichnete, bedeutete das den öffentlich autorisierten Fangstoß: Er war ein Gegner dieser Gesellschaft, war bereits rettungslos verloren. Dass ein Fremder so völlig ungeniert auf die vielen Kinder aus dem Dorf einschrie, musste den Jungen demnach mit Widerwillen und Abscheu erfüllen, zudem spürte er das Ungerechte daran. Dann am Eingang zum Speicher, den er doch schließlich gemeinsam mit dem ALTEN bewohnte, bekam auch er selber von einer lauten Stimme zu hören: *Du hast draußen zu bleiben!* Trotzdem schluckte er das aus Wut und Schande gemischte Gefühl, das diese grundlose Rüpelei in ihm ausgelöst hatte, fürs Erste hinunter; er begab sich hinüber zum Haupthaus, öffnete dort mit Hilfe eines alten Nagels die von innen durch einen Fallriegel verschlossene Küchentür, um seiner dort in der Dunkelheit des gedielten Raumes wie erstarrt der Dinge harrenden Mutter die ›Herausforderung‹ zu überbringen.

– Siehste, Mutter! Siehste, siehste! Endlich sind die Soldaten da, Mutter, und die holen IHN! Siehste!

Als er seine exaltierte Stimme in die Düsternis hinein losschoss, setzte die Mutter solchem Überschwang sogleich einen Dämpfer auf:

– Sag richtig ›siehst du‹! Die ständige Wiederholung pöbelhafter Ausdrücke macht den Glanz der Schande, nicht wahr.

Das war ihre ganze Antwort. Aber auch dieser boshaften Reaktion gegenüber schluckte er das aufkeimende Gefühl des Protests noch geduldig hinunter und suchte weiter nach dem Anfang eines Gesprächs, das auf gemeinsamer Hochstimmung basieren würde.

– Siehste, Mutter, die Namen nämlich von den Leuten, die gesagt haben, ER wäre ein Spion, und von den Leuten, die herumerzählen, ER hätte einen Brief an die Zeitung geschickt und geschrieben, dass wir den Krieg verlieren – alle die Namen hat ER sich genau notiert, hat das Papier an einen geheimen Platz

getan! Siehste, Mutter, da habe ich mir ja gleich gedacht: Das macht ER, weil ER weiß, dass die Soldaten kommen, und die holen IHN!

– Der ALTE ein Spion? Dafür hätte ER gar nicht die Fähigkeit. Geschweige denn die Energie, der Zeitung die Wahrheit zu schreiben: dass wir den Krieg verlieren! Tatsächlich hat ER sich im Speicher verkrochen, weil ER Angst hatte, die Militärpolizei könnte IHN verhaften, denn allerdings hat ER (keine Ahnung, für wen und wozu eigentlich) an die Zeitung geschrieben: Auch wenn ganz Japan völlig schutzlos den amerikanischen Angriffen preisgegeben wäre, dann müsste man eben die Inseln Saipan, Tinian und Guam zu permanenten Festungen ausbauen, und der Kaiserpalast sollte gleichfalls dorthin verlegt werden. Aber die Provinzgendarmerie hat IHM bloß mitgeteilt, solche Dinge möge ER künftig besser unterlassen.

– Na, siehste, Mutter, endlich sind die Soldaten doch gekommen, ihn abzuholen! Siehste!

Indem er ihr dies wie ein Lied hinterließ – sie saß noch immer reglos, dabei gewiss schweißgebadet in der von der Hitze schwangeren Dunkelheit –, rannte er wieder hinaus in die freie Helle, die schon ins Abenddämmern überging; ein rötliches Gleißen färbte ihm die Brust, es blendete ihn, dass er sich vorkam wie eine blinde Ratte; dennoch schaffte er es, den Soldaten geschickt ausweichend, zum hinteren Speichereingang zu laufen und dort bäuchlings auf das Toilettendach zu klettern, von wo aus er irgendetwas von der Beratung zwischen den Offizieren und IHM mitzuhören versuchte. Nicht lange jedoch, und einer der Soldaten, vielleicht auf Patrouille um den Speicher oder aber er ging nur gelangweilt spazieren, packte den Jungen bei den Füßen und zerrte ihn rückwärts vom Dach herunter, woraufhin dieser, da er nirgends mehr ein Versteck wusste, in dem er es für sich allein hätte aushalten können, doch wieder und trotz allem zum Kücheneingang des düsteren Haupthauses zurückgaloppierte.

– *Mutter, Mutter! Die Lage ist furchtbar ernst; deswegen machen sie den ALTEN zu ihrem Anführer, sie wollen handeln, sagen sie. Siehste! Weil die Lage ernst ist, wählen Sie IHN zum Anführer!* Meldete er mit so schriller Stimme, dass es leicht für ein Schluchzen zu halten war. *Das Papier mit den Namen von denen, die behauptet haben, ER wäre ein Spion und Er dächte, wir würden den Krieg verlieren, ist schon durchgesehen; jetzt müssen noch alle Beteiligten zusammengezählt werden, es eilt. Ja, da siehste, Mutter, genau wie ich mir das vorgestellt habe!*

Seine erregte Rede strotzte von solchem Wahnwitz, aber die Mutter, in absolutem Schweigen, ja als hätte sie in seiner Abwesenheit geschlafen und ihr im dunklen Dielenraum unverändert aufrecht dasitzender Leib wäre davon wie in eine fühllose Schale eingeschlossen, reagierte nicht die Spur. Da erhob er sich erst noch einmal, um die Tür am Kücheneingang von innen zu verriegeln, setzte sich dann auf die um eine Stufe höhere Schwelle zum gedielten Raum und ließ seine nackten Füße über dem Stampflehmboden baumeln. Und während er seinen wie auf allen Fotos aus der Kinder-

und Knabenzeit halb zurückgelegten gewölbten Schädel zwischen die Schultern versenkte und scheinbar dösend mit weiß verdrehten Augen schräg nach oben starrte, war er damit befasst, sich mit einiger Genauigkeit die Rolle auszumalen, die er als Jungsoldat mit umgebundenem ›Klettenschwert‹ in dieser außerordentlich ernsten Situation spielen könnte, und so begann für ihn das Warten. Irgendwann war schlagartig die Dunkelheit hereingebrochen, waren auch im Talgrund die Kinderstimmen und das Gebrüll des Viehs verstummt, da endlich kam der Augenblick: Einer der Offiziere riss die Holztür am Kücheneingang auf, dass sie regelrecht wegflog von der Schwelle; er beugte sich, eine vollschwarze Gestalt, deren Kopf und mächtige Schultern umrahmt waren von dem in die Finsternis eingebetteten schwachen Goldglanz aus dem Hintergrund, in den Vorraum herein und rief:

– Frau ***, der Chef lässt Sie hinüberbitten!

Es war ein Name, den er in seiner ganzen Kinder- und Knabenzeit noch nie gehört hatte. Schon wollte er, begierig darauf, unter Ausnutzung der endlich gebotenen Gelegenheit seine Brauchbarkeit wenigstens damit zu beweisen, zu der Erklärung ansetzen, dies sei der falsche Name, als seine Mutter aus dem Dunkel heraus, für ihn völlig unerwartet, eine durchaus normale Antwort gab und er gewahr wurde, dass sie sogleich aufstand und ihren Kimono richtete.

Daran, wie meine Mutter sich im dunklen, gedielten Teil des Raumes erhob, auch an das Geräusch, das beim Festziehen der steife Obi-Stoff verursachte, und an die Art, in der sie dabei leicht mit den Füßen aufstampfte – an all das kann ich mich sehr deutlich erinnern. Um jedoch auf die Frage zurückzukommen, in welcher Uniform die besagten Soldaten denn erschienen seien – da ist mir nichts deutlich im Gedächtnis geblieben, kein zuverlässiges Detail. Manchmal meine ich, sie hätten die Heeresuniform getragen: khakifarbenes Tuch, das so komisch dick wirkte; dann wieder ist mir, als wären die Rangabzeichen nicht auf Uniformröcken befestigt gewesen, sondern auf die Kragen offener Hemden, die vom durchschlagenden Schweiß dunkelteebraune, geradezu bedrohliche Flecken hatten. Sagt er bekümmert, wobei er die Brauen runzelt und den mit der Unterwasserbrille bewehrten Kopf so bewegt, als schwebe dieser durch die Weiten seiner ein endgültiges Urteil hinauszögernden Imagination dahin. Vonseiten der Testamentsnotarin hat er, zumindest zu diesem Problem, keinerlei aktive Reaktion erwartet; doch da erklärt sie plötzlich: Dass du dich nicht genau daran erinnerst, wie die Leute von dem Trupp gekleidet waren, ist im Gegenteil durchaus natürlich. Startet sie ihren Überraschungsangriff und fährt fort: Denn an dem Tag, an dem sie ins Tal kamen, trug nicht einer der Offiziere, von den Soldaten ganz zu schweigen, eine Uniform, weder in der Ausgeh- noch in der Dienstversion. Sofort erkennt er: Das Signal steht auf ›äußerste Gefahr‹! Mit einer lange nicht mehr empfundenen Anspannung, da nun das Fundament, das er sich geschaffen hat, in Gefahr ist, durch wuchernde Arglist zerstört zu werden, einer Anspannung aber auch, die nach den Erfahrungen aus seiner Kindheit wie das Geruchsgedächtnis immer wieder aus seinem Inneren ak-

tivierbar ist, vermag er jenes Signal zu verhüllen, und so lässt schließlich ein in leere Hilflosigkeit verwandeltes Etwas den inneren Flutpegel steigen. Ja, wie denn? Protestiert er, ein klägliches Würgen in der Stimme. Ein Trupp von Soldaten, die in Kriegszeiten die Uniformen ausgezogen haben und sich so in der Öffentlichkeit bewegen – da wären sie doch schon vor Erreichen des Tals der Polizei in der Provinzstadt aufgefallen. Außerdem war in der Stadt eine Division stationiert, mithin dürften auch die Spürhunde von Militärpolizisten unterwegs gewesen sein, nicht wahr? Doch die Testamentsnotarin erwidert: An dem Tag war der Krieg bereits aus. War er gerade zu Ende gegangen. Du willst, erklärst du, die ›Geschichte einer Zeitgenossenschaft‹ als dein Testament hinterlassen, den Bericht der reinen Wahrheit, und wendest die qualvollsten, deine geistigen und körperlichen Kräfte verzehrenden Mühen daran. Warum du dann dennoch am wichtigsten Punkt deiner ›Geschichte‹ eine solche Lüge einschiebst, dass sie der erste Mensch, der diese Dokumentation nach ihrer Hinterlegung lesen wird, unverzüglich durchschauen muss – das ist mir einfach nicht begreiflich. Sagt die Testamentsnotarin. Ja, selbst ich verstehe das nicht. Dass die Soldaten von der Provinzstadt her mit einem Militär-Lkw drüben auf der anderen Seite der Brücke am Taleingang ankamen, geschah in der Abenddämmerung des 15. August. Sie fuhren deshalb nicht ins Tal herein mit ihrem Lkw, weil seit der Überschwemmung im Krieg die Brückenfundamente zerstört waren. Und am folgenden Tag, nämlich am 16. August, kehrten die Soldaten, dich und deinen Vater in ihrer Mitte, in die Provinzstadt zurück. Der Krieg aber war am Abend des Fünfzehnten zu Ende gegangen. Du wirst doch hier keine Gedächtnislücke haben, bei so eindeutig belegbaren Tatsachen! Über den Zustand des Kastenwagens, auf den sie deinen Vater verluden, über deine eigene Bekleidung auf dieser Fahrt kannst du offensichtlich die winzigsten Details präzise berichten; daraus muss ich schließen, dass du beim Datum bewusst manipulierst. Warum du unter allen Umständen eine solche Lüge aufrechterhalten willst – nein, selbst ich verstehe das nicht. Sagt sie. Und er, der einsam und hilflos, mit nach oben gewandtem Gesicht daliegt auf seinem Bett, ein ums andere Mal wie ein in flacher, weicher Erde sich verbergender niederer Käfer bewegt er Genick und Hüfte, so zwischen Decke und Matratze eine Höhle grabend, um in diese Tiefe davonzukriechen. Ist es eigentlich schon lange her, dass meine Mutter aus dem Tal kommend hier im Krankenhaus eintraf? Lange genug, so dass sie schon einiges vom bisher Notierten gelesen hat? Fragt er mit leiser Stimme. Wie stöhnend.

7.

Dass die Soldaten kamen, das war am 15. August, ja?! Bin ich jedenfalls ganz sicher, ja?! *Und am 16. August in der Frühe sind sie dann mit IHM und dem Jungen losgefahren, ja?! Sagt die Person. In dem schmalen, lang gestreckten Krankenzimmer, neben der linken Kante seines Bettes, wo sich bisher die Obstkörbe und dergleichen von den Besuchern, auch alte Zeitschriften zoologischen Inhalts, nachdem er sie ausgelesen, angesammelt hatte, sitzt sie unbeweglich auf der Matte, abgesenkt also auf eine außerordentlich niedrige Position; bei ihren völlig ruhig und gelassen vorgebrachten Einwürfen benutzt sie den für sein Tal daheim typischen Dialekt, was dem Inhalt ihrer Rede insgesamt, trotz des stark akzentuierenden, nachgestellten ›ja?!‹, den Eindruck einer gewissen kühlen Objektivität verleiht. Seit genau zehn Jahren hat er diese Stimme nicht mehr unmittelbar gehört, und obwohl es den Anschein hat, als seien die verschlagene Feindseligkeit und der doppeldeutige Spott, unter denen er, Nachwehen seines Verfolgungswahns, lange Zeit gelitten hatte, inzwischen völlig daraus verschwunden, und es spreche da eine schlichte Greisin vom Lande, so ganz ohne Furcht vernimmt er die Stimme nicht. Wirklich klingt sie wie auf natürliche Weise gealtert, sie bezeigt ein Gefühl für den bescheidenen, redlichen Alltag, ja vermutlich war das aggressive Mutter-Image, das den größten Teil seines fünfunddreißigjährigen Lebens überschattete, lediglich eine fixe Idee von ihm. Dennoch gibt er auf keine der von seiner Mutter gemachten Bemerkungen irgendeine direkte*

Antwort. Anfangs verwirrt es ihn, dass er vor seiner Mutter die mit Zellophanpapier beklebte, röhrenförmige Unterwasserbrille trägt; da er jedoch durch die runden Höhlungen nur zur Zimmerdecke hinaufschaut, kann ihm seine Mutter nicht ins Blickfeld geraten. Solange auch dürfte er seine subjektive Weigerung, das plötzliche Erscheinen seiner Mutter überhaupt wahrzunehmen, aufrechterhalten können. Sie ihrerseits spricht ihn niemals direkt an, sondern äußert sich stets mit Blick auf die Protokollantin seiner ›Geschichte einer Zeitgenossenschaft‹, und zwar um vorzugsweise belastende Aussagen zu machen, sehr widersprüchliche übrigens. Wenn er sich, wie gelegentlich, an solchen Stellen einschaltet, so hat das mit seiner zentralen Absicht zu tun, Einzelheiten der ›Geschichte einer Zeitgenossenschaft‹ durch nochmaliges Aufgreifen zu überprüfen und plastischer zu gestalten. Anderntags also, gleich in der Frühe, ja?! Beginnt seine Mutter von neuem. Und dabei hatten die Kerle – wohl um zu zeigen, dass sie kein Militär mehr wären – nicht irgendein Soldatenlied, sondern einen ausländischen Gesang auf den Lippen, den hatten sie erst am Abend vorher kennengelernt, und den Dicken mit dem Blasenkrebs, den hatten sie auf den Kastenwagen geladen und nahmen – welche Gemeinheit! – als Geisel auch noch den Jungen mit, ja?! Nahmen dieses Kind mit, das hatte den Spielzeughelm heruntergezogen bis über die Ohren, hatte sich (wer weiß wozu) das rostzerfressene ›Klettenschwert‹ an die Hüfte gebunden, und so fuhren sie aus dem Tal davon, ja?! Das war frühmorgens am 16. August, und es war ein Solo aus einer Bach-Kantate, was sie sangen; sie hatten es am Abend vorher von der Schallplatte gehört, ja?! Radio und Grammo-

phon zusammenzubasteln oder zu zerlegen, das war nämlich SEINE Sache, ja?! Die üblichen Arbeiten mit der Hand, die konnte ER schon; na, und deshalb hatte ER Rundfunkapparat und Plattenspieler im Speicher. Am Abend des 15. August, weil es hieß, Luftalarm käme nun keiner mehr, brannten die elektrischen Lampen, die doch verdunkelt gewesen waren, wieder hell, und überall saßen die Leute um die Radios und lauschten, und so das ganze Tal; bloß bei uns gab es außerdem noch ein paar Platten fürs heilgebliebene Grammophon, ja?! Also haben die Soldaten, die gekommen waren, IHN abzuholen, am Fünfzehnten die ganze Nacht hindurch Reiswein getrunken, den sie auf ihrem Lkw gehabt hatten, und dabei Schallplatten gehört, ja?! Vor dem Krieg, da hatte er welche von Bach gesammelt, aber die hatten wir inzwischen zum großen Teil gegen was zum Essen eingetauscht oder verkauft, nur ein paar waren da noch übrig. Die haben sich die Soldaten angehört bis zum anderen Morgen; es müssen demnach Bach-Platten gewesen sein, woraus sie eine leichter singbare Stelle im Gedächtnis hatten, als sie losfuhren, ja?! Was heißt schon Soldaten, junge Offiziere waren sie, nicht anders als die jungen Leute heute, die Studenten zum Beispiel, die die Victor-Scheiben mit dem roten Label hüten wie einen Schatz, ja?!

Seit die Asche seines älteren Bruders ins Tal zurückgekehrt war, hatte sich die Mutter so gut wie nie mehr über den gepflasterten Weg hinab in den Talgrund begeben. Auch besaßen die Radioapparate, die bis zum Kriegsende im Tal hinterm Wald überlebt hatten, eine derart schlechte Tonqualität, dass lediglich ein Gesumm wie von Mücken herauskam. Wieso wäre also seine Mutter oben im Speicherhof auf der ›Kuppe‹ imstande gewesen, die Lautsprecher zu hören, vor denen ›überall die Leute saßen und lauschten, und so das ganze Tal‹?

Ich bin nämlich spät nachts am Fünfzehnten in vier, fünf Häuser unten im Tal gegangen, ja?! Alles Familien, die so zweirädrige Anhängerwagen hatten, und denen habe ich klargemacht, am anderen Morgen kämen die gerade eben besiegten ehemaligen Soldaten, sich die Anhänger zu holen. Versteckt sie im Wald, hab' ich ihnen gesagt, in China ist das auch immer so gewesen, ja?! Und weil es geheißen hatte, am Fünfzehnten, da brächten sie eine Sendung von folgenschwerer Bedeutung, die jeder hören sollte, hatten die meisten ihren Radioapparat heraus auf den Umgang gestellt, und so saßen sie draußen vor dem Haus, alle Mann, bis tief in die Nacht und lauschten, ja?! Bloß gab es kein interessantes Programm; eine ehrliche Sendung, aus der die Leute im Wald erfahren hätten, was von nun an zu tun wäre, brachte man auch nicht. Sobald sich aber irgendetwas wie eine menschliche Stimme in das Rauschen mischte, umringten sie wieder den Lautsprecher und strengten ihre Ohren an, ja?! Auf jeden Fall hatten sie, nachdem ich herumgelaufen war, ihre Anhängerwagen richtig versteckt – was der Grund dafür war, dass die Soldaten dann am Morgen in der Frühe den Dungkasten nehmen mussten, dass sie aus runden Holzscheiben Räder daran nagelten, Bettdecken hineinbreiteten und IHN zum Abtransport in diesen Wagen luden. Wenn das vor dem 15. August passiert wäre und ich wäre ihnen da Bescheid sagen gegangen wegen der Anhänger, hätten sich die Leute im Tal bestimmt ganz anders verhalten, hätten bestimmt die Lampen verdunkelt gehabt und Radio, wenn überhaupt, im Hinterzimmer gehört, ja?!

Nun gut, wollen wir also annehmen, die Erhebung jener zu radikalem Widerstand entschlossenen Soldaten, die in dem ALTEN ihren Anführer sahen, habe am 16. August stattgefunden. Vielleicht hat er, der damals ein Junge war, das Datum eben doch nicht so genau in Erinnerung. An der Geschichte selbst ändert das freilich nichts. Dass die jungen Offiziere, die das Kriegsende nicht hinzunehmen gedachten, zusammen mit ihnen treu ergebenen Soldaten einen Trupp aus entschiedenen Kapitulationsgegnern formierten und sich dann zu IHM begaben, um IHN ins Kommando zu holen, war das nicht die natürlichste Sache von der Welt? Und wenn man bedenkt, dass während der Besatzungsjahre mit an Sicherheit grenzender Wahrscheinlichkeit große Mengen von Unterlagen, von Beweismitteln vernichtet wurden, so erscheint es keineswegs ausgeschlossen, dass am 16. August amerikanische Militärmaschinen triumphierend im Tiefflug über die bereits unterworfenen Städte hinweggebraust wären und dabei Salven aus ihren Maschinengewehren auf einen einzelnen Mann abgefeuert hätten, der, in voller ›Volksuniform‹, dazu das Armeeschwert in der Hand, in einem seltsamen Kastenwagen saß. Die Annahme mithin, es sei dies nicht am 15. August oder früher geschehen, sondern habe sich um einen Vorfall an diesem 16. August gehandelt, bedeutet nicht, dass dadurch die Sache grundsätzlich ins Wanken geriete. Und das umso weniger, als in der Tat eine Darstellung, derzufolge dienende Offiziere und Soldaten noch im Krieg von ihrer Einheit desertiert und mit einem Zivilisten als Anführer losgezogen wären, bei weitem nicht so einleuchtend erscheint wie jene, nach der sie sich unmittelbar nach Kriegsende, aus Widerwillen gegen die Kapitulation, mit dem Zivilisten verschworen und den Aufstand angezettelt hätten.

Wie auch immer, eines frühen Morgens im August, sie hatten den ALTEN auf den rasch zusammengebauten Kastenwagen geladen und kamen damit nur schleichend wie die Schildkröten voran, brachen die Soldaten und mit ihnen er, der Junge, aus dem trotz der Dämmerung fast noch nachtschwarzen Tal auf; und nachdem sie am Talausgang den ALTEN mitsamt dem Kastenwagen auf ihren Lkw gehoben hatten, fuhren sie, nun wirklich ein Trupp von Aufständischen, über die Neunundneunzig-Kurven-Passstraße hinüber in Richtung Provinzstadt. Während der Militärlastwagen wild dahinraste, sangen die Soldaten wieder und wieder zusammenhanglos bald dieses, bald jenes Stück aus einem Lied in einer fremden Sprache. Der Junge, der zunächst als Einziger in den Gesang nicht einzustimmen vermochte, versuchte ein um das andere Mal, den jetzt nicht mehr nur von blutigem Urin, sondern von dem unaufhörlich fließenden Blut an sich klebrig durchnässten ALTEN am Bauch und zwischen den Schenkeln sauberzuwischen, wofür er alte Lendentücher benutzte, von denen er, so viel er zu fassen gekriegt, mitgenommen und in die Ritzen des Kastenwagens gestopft hatte. Weil er IHN aber, diesen aufgedunsenen Mann, ohne die Hilfe der Soldaten an SEINEM schwer aufliegenden Hintern nicht abputzen konnte, bildete sich nach einiger Zeit zwischen der auf den Boden der Kiste gebreiteten Bettdecke sowie SEINEM Hintern und den übereinandergeschlagenen Schenkeln ein Teich von Blut, aus dem ein widerlicher Geruch aufstieg. Den Jungen ergriff die Furcht, es werde alles Blut aus dem Körper des ALTEN ausströmen; aber seine Besorgnisse den laut singenden Offizieren und Soldaten zu klagen, die zwar den herumgestoßenen Kastenwagen mit ihren ringsum dagegengestemmten Armen festhielten, sonst jedoch in der für Soldaten typischen Unbekümmertheit an IHM in der Kiste, wenigstens vorübergehend, keinerlei Interesse bezeigten – das wiederum brachte der Junge nicht fertig. Schließlich kam ihm der Verdacht, vielleicht wäre ja der ALTE bereits tot; denn tatsächlich gab ER keinen einzigen Laut von sich, trotz all der Schmerzen, die ER doch haben musste, und ertrug es still mit geschlossenen Augen, dass SEIN aufgeschwollener Körper, gleichsam ein Gummiball in einem Kubus, unaufhörlich gegen die vier Wände der Kiste schlug.

Also legte er IHM sein Gesicht auf den kräftigen Nacken; dieser verbreitete eine seltsame Ausdünstung, einen übelkeiterregenden Schweiß- und Blutgeruch, unter dem indessen eine gewisse Süße zu schmecken war, und er redete IHN an:

– Wenn ich doch nur wüsste, was das Lied bedeutet!

Und der ALTE, der dem Jungen während ihres gemeinsamen Lebens im Speicher auf keine einzige Frage je geantwortet, sich vielmehr den Anschein gegeben hatte, dass er grundsätzlich nichts gefragt werden wollte – jetzt auf einmal, mit noch immer geschlossenen Augen, während auf SEINEM faltenlosen, wie Porzellan fahlweißen Antlitz der Schweiß perlte und obwohl SEIN dicker Leib weiter gegen die Kistenplanken geworfen wurde, begann ER dem Jungen in einem unerwartet väterlichen Tonfall zu erklären (natürlich sind dies nur winzige Bruchteile SEINER Worte damals, soweit sich der Junge heute unmittelbar daran zu erinnen vermag):

– Was sie singen? Ein deutsches Lied ... Von ›Tränen‹ singen sie, also vom Weinen ... Von ›Tod‹, also vom Sterben ... ›Der Herr‹, bedeutet es, ›der Herr wischt mir mit seinen Händen gnädig die Tränen ab!‹ ... ›Komm bald‹, bedeutet es, ›komm, o Tod, du Bruder des Schlafs, komm bald‹ ... ›Die Hohe Majestät‹, so singen sie, ›wird mir gnädig die Tränen trocknen mit eigenen Händen‹ ... ›Der Himmlische Herrscher‹, singen sie, ›Seine Majestät der Tennō wird mir, so hoffe und harre ich, mit höchsteigenen Händen die Tränen trocknen auf meinem Gesicht.‹ Das singen sie.

Die Testamentsnotarin geht zum Doktor, der ein Musikliebhaber ist, ihn um Rat zu fragen; schließlich hat sie die Werknummer festgestellt und kann eine Schallplatte mit der Aufnahme dieser Bachschen Kantate ausleihen. Beim Abhören dann versucht er, indem er den auf der Plattentasche abgedruckten

Gesangstext verfolgt, die ihm noch jetzt in seinem inwendigen Ohr als ein fünfundzwanzigjähriges Echo nachklingenden Zeilen herauszufinden. Ich habe das Gefühl, es müsste die Tatsache, dass ich auf der Universität kein Deutsch lernte, in dieser Kantate begründet gewesen sein. Sagte er. Möglicherweise hatte ich unbewusst Furcht davor, die in meinem Kopf noch immer singenden Soldatenstimmen könnten, hätte ich mich um ein Verstehen der deutschen Sprache bemüht, auf einmal eine Bedeutung offenbaren, die völlig im Widerspruch stünde zu SEINER Erklärung.

Damals war er in einem Alter gewesen, in dem einer den ersten Schritt über die feine Fuge zwischen Kind und Knabe tut, und so nahm er alles in der Form auf, in der es ihm der ALTE auf dem Lkw darstellte. Nahm es auf mit seinem kleinen, vom Spielzeughelm bedeckten Kopf, der nicht einfach nur von der sommerlichen Hitze, sondern von dem, was ihn da anzufüllen begann, in einen Zustand geriet wie ein Feuerball. Die Worte des ALTEN machten, dass die Ansätze seiner noch kindlichen Leidenschaften plötzlich hell entflammten, dass der nun auf dem dahinjagenden Lkw an Leib und Seele wahrhaft zum Leben erwachte Zehnjährige wie bei einem Blitzschlag durchschossen war von gleißendem Licht, von Elektrizität, und dass er in wilde Zuckungen verfiel. Der Militärlastwagen hatte das von tiefen Wäldern umgebene Tal allmählich hinter sich, er näherte sich dem Neunundneunzig-Kurven-Pass: heraus aus den Mauern der Düsternis, die mit den hohen, immergrünen Bäumen jede Fernsicht verhindert hatten, auch war bereits die durch die Sommersonne bewirkte Härte zu spüren; aber noch war das Bild beherrscht von einjährig belaubtem Gehölz, in dessen Blattmassen ein lichtgrünes Funkeln stand. Mit einem neuen Vogelblick, mit den bis weithin scharfsichtigen Augen etwa eines Habichts oder eines Wanderfalken starrte der Junge auf diese Landschaft. Und wohin er sah, überall an den Bäumen befanden sich die Blätter in einem ständigen leisen Beben. Jetzt auf einmal, da er, sich aus der Tiefe des Waldes entfernend, das erste seiner Lebensjahrzehnte beendete, begriff er, dass er es die ganze Zeit über im Tal hinterm Wald nie bemerkt hatte, nämlich wie das Laub der Bäume auch dann in einem fort bebte, wenn überhaupt kein Wind ging. *Immer, immer zittern an den Bäumen die Blätter! Das will ich fest im Gedächtnis behalten, bis ich sterbe – zusammen mit den Aufständischen unter SEINEM Kommando sterbe im Kampf!* Dachte er, als im selben Augenblick aus der Richtung Provinzstadt Kampfflugzeuge auftauchten, die im Tiefflug näher kamen und knapp über den Pass hinwegstrichen. Die Soldaten schrien laut durcheinander: *Die sind wohl verrückt geworden, diese Scheißkerle! So was von irrer Fliegerei! Wir müssen uns die Maschinen sichern, bevor die sie alle zu Bruch geflogen haben! Zehn Maschinen brauchen wir mindestens! Für jeden von uns eine, und dann hineingeklettert! Ah, lasst uns, niederstürzend, den Kirschblüten gleich verwehen über dem Erhabenen Palast! Auf dass wir unser aller Ziel erreichen: in Treue mit unserem Herrscher zu sterben!* Schrien sie. *Auf dass wir dem Tennō nachfolgen in den Tod!* Glutheiße

Worte, deren Dorne sich in das kleine Jungenherz bohrten und dort, festhakend, nur umso heftiger brannten. Und seine scharfen Augen, zusätzlich aufgeladen von dieser inneren Glut und also klarer und umfassender als je, sogen den Anblick in sich ein, wie dem Pass gegenüber auf einem schräg abfallenden Hang, über den hinwegkreuzend die Maschinen davonflogen, bis in den letzten Winkel ein heftiger Wind aufsprang und sich die Millionen und Abermillionen Blätter an den Bäumen davon plötzlich umdrehten, die Unterseiten nach oben, wie dort schlagartig alle die Millionen und Abermillionen Blattunterseiten aufschimmerten in einem Silbergrau. *Das ist das Signal. Unsere Truppe geht unter SEINEM Kommando zum Aufstand und gemeinsam in den Tod. Deshalb singen die Soldaten: Ah, wir wünschten uns, sobald wie möglich zu sterben und dass uns Seine Majestät der Tennō selbst die Tränen abwischt mit seinen Fingern.* Das Herz des Jungen raste, in seinen sämtlichen Adern nahm der Druck zu, es klirrte ihm das Trommelfell, und durch diesen grellen Geräuschvorhang hindurch vernahm er nun nichts mehr als die Laute eines tiefen, alles umschließenden Schweigens. Wie ein Wiesel hob und wandte er den Kopf, und aus seinen Augen, die kurz davor waren, sich ganz in Tränen aufzulösen, sah er mit einem Blick voller Zuneigung auf die Soldaten rings um ihn. Anders als sonst die Soldaten, die während des Krieges ins Tal gekommen waren, anders zumal als die von der Fliegertrainingsabteilung, die, zum Sammeln von Kiefernharz befohlen, gegenüber dem ›Jungen Volk‹ hinterm Wald geradezu übertrieben freundlich gewesen waren, hatten sich die Soldaten von diesem Lkw von Anfang an kalt und grausam gegen ihn gezeigt, hatten sie ihn mit Verachtung behandelt. Auch dass sie seit dem Abend zuvor im Speicher unentwegt gesoffen und Lieder gegrölt hatten, stimmte nicht mit dem Bild vom Soldaten überein, wie er es in sich trug; aber derlei unreine Beimischungen verzieh er ihnen gern und auf die großzügigste Weise, betrachtete er sie doch als ›wahre‹ Soldaten. Ja, Soldaten wie sie, die hatten nicht nur keine Furcht vor dem Tod, vielmehr sehnten sie sich danach zu sterben. Und was ihm selber seit zwei, drei Jahren Anlass zu bedrückender Schmach gewesen war, nämlich dass er beim täglichen Abfragen in der Volksschulklasse: *Bist du bereit, für Seine Majestät, den Tennō, freudig dein Leben hinzugeben?* zwar antwortete: *Ja, freudig will ich für ihn sterben!* dabei aber insgeheim ein Schwanken empfand, das er keinem eingestehen mochte, oder dass ihn, wenn er nachts an den wirklichen Tod auf dem Schlachtfeld dachte, die Angst befiel – jetzt zum ersten Mal, unter diesen Soldaten, fühlte er sich imstande, all das mühelos zu überwinden, war er fähig, die unvermerkt bereits gefallene Entscheidung zu bestätigen, dass er mit dem Trupp, dem er sich angeschlossen hatte, sterben werde. Schließlich brachte er es sogar fertig, nach dem Beispiel der Offiziere und Soldaten mit schriller Stimme einzustimmen in den Gesang:

Komm, o Tod, du Schlafes Bruder,
komm und führe mich nur fort …

Hier unterbricht ihn seine Mutter: Na, ob nun überzeugt oder nicht – hat er also mitgesungen, der Junge; bloß dass es da ›Heiland‹ hieß, womit doch wohl nicht der Tennō gemeint war, ja?! Und dasselbe ist es mit dem Daraufwarten, ›dass er uns die Tränen abwischt‹: Schließlich hatten sich die Soldaten damals in den Kopf gesetzt, eben denjenigen, der ihnen demnach die Tränen hätte abwischen sollen, mit Bomben zu bewerfen, ja?! Als mich an jenem Abend einer der Offiziere im Haupthaus abholen kommt und redet mich mit dem Familiennamen meines richtigen Vaters an (der bekanntlich hingerichtet worden ist), macht schon das mich misstrauisch, und ich ahne nichts Gutes; doch dann im Speicher blieb es nicht bei solch hinterhältigen Anspielungen, ja?! Tatsächlich wollte mich der ALTE nicht einmal ansehen, zu einer so eigenmächtigen Forderung hatten sie IHN gezwungen; aber unbarmherzig drehten die Soldaten SEINEN Thronsessel herum, und mit sogleich niedergeschlagenen Augen sagte ER, dieser betrunkene Mann, dem das bartüberwucherte Gesicht rot glühte von anderer Leute Reiswein: Was dein Vater gewollt und nicht erreicht hat, wir werden es vollenden. Wir organisieren uns auf dem Armeeflugplatz an die zehn Kampfflugzeuge, übermalen sie, dass sie aussehen wie amerikanische Maschinen, und fliegen los, um den Kaiserpalast zu bombardieren. Nun nach alledem bleibt nur dies, um die japanische Nation wieder aufzurichten, um das wahre Reich zu retten. *Na, denke ich noch, was faselt der ALTE da für närrisches Zeug, worauf will er eigentlich hinaus mit dieser dummen Angeberei? Aber da wird schon darüber verhandelt, dass ich meine Wertpapiere in die Kriegskasse geben soll, ja?! Ist das eine Gemeinheit, hatte ich das Gefühl, andererseits konnte ich SEIN Gerede nicht mehr ertragen, und so habe ich mein Siegel auf das Formular gedrückt, ja?! Es war noch kein Telegramm oder sonst eine Nachricht gekommen, mithin wusste ich nichts davon; doch an dem Tag, an dem die Sowjets in den Krieg eintraten, erschoss sich mein Ziehvater in Xinjing mit der Pistole. Und von ihm, meinem Ziehvater, hatte ich die Wertpapiere bekommen, ja?! Papiere, die er ausgewählt hatte, weil er meinte: Selbst wenn wir den Krieg verlieren, die bleiben fest; da wird schon der Staat an der Börse intervenieren! Und unsere Bank in der Provinz, offenbar auf Betreiben meines Ziehvaters, hatte sie besonders vorteilhaft deponiert, ja?! Jedenfalls wurde ich jetzt dazu gebracht, ein Dokument zu siegeln, mit dem ich meine Rechte an den Wertpapieren abtrat, musste darüber auch noch eine schriftliche Erklärung abgeben, und dann haben Sie IHN, der das alles bei sich hatte, mitgenommen, haben die Soldaten den ALTEN in das komische Ding gesetzt, in die Kiste, an die sie mit der Säge geschnittene Rundholzscheiben als Räder genagelt hatten, und sind mit IHM davon. Was ist ER da hin und her geschwankt! Vermutlich hatte ER sich, der Schmerzen wegen, auch noch die Nase voll gestopft mit Betäubungsmitteln, wie man sie in China zu kaufen kriegt, ja?! Wirklich stand es ganz erbärmlich um den ALTEN, aber dagegen getan habe ich praktisch nichts. Dachte nur: ER wird's schon sehen, wird's bald genug merken. Wer sich, dacht ich bei mir, da hineinziehen lässt, mit dem geht's elend aus. Der Junge, er hatte von all dem keine Ahnung, hielt einen Fetzen Tuch in der Hand, um dem ALTEN das aus der Blase rinnende Blut abzuwischen, ja?! So machte er sich, das klirrende ›Klettenschwert‹ an der Hüfte und wer weiß in welche Gedanken vertieft, denn er war blass wie vor lauter Erregung, zum Abmarsch fertig. Ob die Soldaten, die den ALTEN auf ihrem Lkw mitnahmen, den Armeeflugplatz auch wirklich erreichten, die Maschinen an sich brachten und mit ihnen nach Tōkyō flogen? Natürlich nicht! Es kam nämlich vorm Eingang der Bank zu einer Schießerei, bei der hat es IHN und die Soldaten erwischt, ja?! Einer der Offiziere allerdings überlebte, er ist danach verschwunden; vielleicht, dass er die Wertpapiere in dem Chaos bei Kriegsende nicht los wurde, oder er hat sie verkauft und ist mit dem Geld davon, jedenfalls waren später weder die Papiere noch das Geld aufzufinden, also müsste er damit durchgebrannt sein, ja?! Ich glaube sogar, das hat er von Anfang an vorgehabt! Könnte mir vorstellen, selbst der ALTE hätte davon Wind bekommen, ja?! Und es wäre SEINE Absicht gewesen, aus Sorge um den Zustand SEINER Blase in jenem Kastenwagen umzukehren, sobald sich der Aufstand als bloß fingiert erweisen sollte, und mir zu erklären:* Die Offiziere haben mich hintergangen, unser Sohn weiß alles! *Nichts als eine Ausrede freilich, woraufhin ER sich abermals in den Speicher verkrochen hätte, ja?! Tatsache indessen war, dass andere, die entweder annahmen, der Trupp des ALTEN wäre zu einem Raubüberfall in die Bank eingedrungen, oder die selber einen Überfall im Sinn hatten und nun fürchteten, man wäre ihnen zuvorgekommen – dass also diese anderen nicht etwa die Polizei alarmierten (ohnehin befand sich angesichts der Niederlage alles in heilloser Verwirrung), sondern dass sie selber auch mit einem Militärlastwagen vorfuhren und sofort das Feuer auf SEINEN Trupp eröffneten, als der aus der Bank kam. Der ALTE, zum Zeichen der Übergabe, hielt mit der ausgestreckten Rechten das Armeeschwert hin; mit der linken Hand machte ER eine Bewegung, als wollte ER schreien:* Lasst das sein! Hört auf damit! *In Wahrheit jedoch muss es ihn noch vor dem ersten Schrei erwischt haben, ja?!*

Es gab eine regelrechte Straßenschlacht; zudem brausten japanische und amerikanische, vielleicht auch Kampfflugzeuge von beiden Seiten im Tiefflug über die Köpfe hinweg, so dass die Stadt dröhnend widerhallte von dem Getöse. Und er, damals der Junge, ist es, der als Einziger diese ganze Straßenschlacht miterlebt hat und der gründlich Bescheid weiß über deren Bedeutung. Ja, als er jetzt bei einer nochmaligen, von eben dem wahren Sinn des Ganzen ausgehenden Überprüfung zugesteht, dass jener Aufstand in der Tat am 16. August stattgefunden habe, wird ihm gerade durch dieses Datum die all die Jahre seither im Bewussten wie im Unbewussten stets gegenwärtig gewesene Kernstruktur des beim höchsten Pegelstand seiner Happy days gefeierten Festes erst so recht klar und deutlich. Am 15. August 1945 unternahm der Himmlische Herrscher einen Sturzflug hinab ins Irdische, auf dass er mit menschlicher Stimme spräche. Am 16. August stand dieser selbe Tennō im Begriff, erneut eine plötzliche Wendung zu tun und im Steilflug wiederaufzusteigen zum Himmel. Einmal also ausweglos den Bombentod zu sterben, doch dann als Verkörperung der Nation an sich wahrhaft zurückzukehren ins Leben, gefestigter, göttlicher denn je; das gesamte Land und das gesamte Volk, das japanische, als die allgegenwärtige Chrysantheme zu überwölben. Ja, sichtbar zu werden als eine riesige, goldene Chrysanthemenblüte, die vor violettem Lichtgrund wie in Gestalt einer Aureole ihren Glanz verströmt. Und wäre es denn nicht tatsächlich denkbar gewesen, die in der Geschichte unseres Landes erstandenen zahllosen Gottheiten hätten den vorübergehend zu einem mit menschlicher Stimme redenden Wesen abgesunkenen Tennō ersucht, mit Hilfe der Bomben der zum Treuetod entschlossenen Fliegersoldaten die ›Reinigung‹ zu vollziehen, um auf diese Weise die Würde der Nation wiederherzustellen?

In Wahrheit freilich hat der Palast keine Bomben abbekommen; vielmehr zog mit einer Handvoll Elitesoldaten und geschwungenem Armeeschwert (nicht etwa zu Pferde, sondern eingepfercht in die auf mächtigen Scheibenrädern sitzende Kiste) der ALTE frontal dem Feind entgegen und wurde dabei erschossen. In einem Gefecht nicht auf dem Flugplatz, um dort die umzurüstenden Kampfmaschinen zu erbeuten, nein, in einer Schießerei auf dem steinernen Pflaster vor dem Eingang einer Bank, in der sie friedlich Geld hatten abheben wollen. Aber wieso sollte dies irgendeine Wertminderung bedeuten? Hatte es denn am 16. August 1945 im ganzen weiten Japan, noch dazu vor Bankportalen, andere Straßenschlachten ähnlich derjenigen gegeben, bei der ER ermordet wurde? Natürlich mussten sie sich, ER und SEINE Truppe, eine gewisse Summe besorgen, wenn ihnen am Gelingen ihres Aufstands gelegen war, und sie hatten die

Bank mit dem festen Vorsatz betreten, das auf legale Weise zu erreichen. Ob sie damit nun erfolgreich gewesen waren oder nicht, in dem Augenblick jedenfalls, als sie, ER in SEINEM Kastenwagen vornweg, in geschlossener Formation die Bank wieder verließen, eröffnete ein anderer, ebenfalls auf einem Militärlastwagen vorgefahrener Trupp das Feuer, im Tiefflug heranbrausende Kampfmaschinen griffen ein, und im Nu war SEIN Trupp vernichtet. Nur, wieso sollte da ein anderer Trupp geschossen haben? Könnte das in Wahrheit nicht eine Einheit gewesen sein, die aus Furcht vor einem Scheitern der Kriegsschlussverhandlungen von Spionen der Alliierten aufgestellt worden war? Wie der ALTE japanische Flugzeuge als amerikanische Maschinen hatte tarnen wollen, hätte man, wäre denkbar gewesen, umgekehrt denselben Versuch machen können, nicht wahr? Vielleicht hatte ER ja sogar eine MG-Salve aus einer getarnten und mithin von einem amerikanischen Piloten im Tiefflug gesteuerten Kampfmaschine abbekommen, und daran war ER gestorben. Dann hätten IHN also jene Flugzeuge, die beim Überqueren des Neunundneunzig-Kurven-Passes aufgetaucht waren, weiterverfolgt, um schließlich zum Angriff überzugehen.

Im Augenblick SEINES Sterbens durchbrach der ALTE die Grenzen des Individuums und erschien, auch ER, in einer das gesamte Territorium Japans bis in den letzten Winkel bedeckenden Position: eine auf 675 000 Quadratkilometer ausgedehnte, mit einer violetten Aureole geschmückte goldene Chrysanthemenblüte. Die Soldaten, die sich in der Nähe des Jungen befunden hatten, waren, weil der andere gleichfalls mit einem Militärlastwagen angreifende Trupp besonders auf ihren Lkw feuerte, sofort alle gefallen, und der Junge war als Einziger am Leben geblieben. Genau das hatte der ALTE von den Himmlischen Göttern erfleht, dass nämlich einer, ein Auserwählter, da wäre, die im Augenblick SEINES Sterbens mit blendender Helle den Zenit erfüllende goldene Chrysantheme zu bezeugen. Und tatsächlich sah der Junge: Hoch über ihm, ohne jedoch einer Wolke gleich die Sonne zu verdunkeln, nein, im Gegenteil ihren über den heiteren Hochsommerhimmel weithin ausgegossenen Glast zu einem um so frischeren Leuchten verstärkend, schwebte die riesengroße, von einem violetten Lichtgrund eingefasste, goldgleißende Chrysanthemenblüte. Ihr Glanz senkte sich auf die Summe seiner Happy days und verwandelte sie in unzerstörbar dauerhafte Strukturen, in aufgestapelte lumineszente Materie. Und vermutlich hat er seit jenem Augenblick, hat er die ganzen fünfundzwanzig Jahre seither mit diesen festkörperlichen Lichtstrukturen aus seinen Happy days gelebt. Der ALTE aber, in der vorgestreckten Rechten hielt ER das Armeeschwert, während ER die linke Hand so lange spreizte, bis SEINE dicken, weißen Finger, die einzelnen, deutlich zu erkennen waren, woraufhin ER sie, ohne derer zu achten, die auf IHN feuerten, über den Kastenrand hinaus in die Höhe stieß – der ALTE redete so zu SEINEM auserwählten Sohn: *Du sahst, so viel zu sehen möglich war. In dem Vierteljahrhundert, das du noch lebst, sei ständig eingedenk dessen, was du jetzt gesehen hast! Alles ist vollbracht, und du sahst es, so viel zu sehen möglich war – behalte das stets in deinem Gedächtnis, solange du lebst! Das ist die dir zuteil gewordene Aufgabe, und keine andere hast du zu erfüllen. Alles ist bereits vollbracht!* Und als ER ausgeredet hatte, hämmerten die Maschinengewehre der im Sturzflug herabschießenden Kampfmaschinen los, und sogleich verwandelte sich SEIN aufragender Kopf in einen schrundigen, einen blutroten, runden Granatapfel, darin die in tieferer, röterer Leere sich blähende Mundhöhle weit aufgerissen von der Gewalt eines Schreis.

Die Person, die sich plötzlich über sein Bett gebeugt hat, zerrt ihm die röhrenförmige Unterwasserbrille hinauf an den Haaransatz, weshalb er zwar, bis zum Schmerz geblendet, sofort die Augen schließt, aber einige Tränen quellen doch hervor. Ich dachte schon, er hätte Fieber, weil er solchen Unsinn redet; dabei sind seine Augen völlig normal, ja?! Beginnt die bisher von der Bettkante her erklungene Stimme, sie kommt jetzt, während er die Augen weiter geschlossen hält, aus dem Dunkel über seinem Kopf, und bevor er die Unterwasserbrille auf die alte Position zurückschieben kann, haben ihm zwei raue, knochige Daumenkuppen mit geübter Bewegung die Tränen aus beiden Augenwinkeln gleichzeitig fortgewischt. Was ist das so abgemagert, genau das Gesicht wie in Kinderzeit; als wär's wieder das Gesicht des Kleinen damals, gegen Ende des Krieges, nur hatten wir da nicht genug zu essen, ja?! Sagt sie. Und er hat dabei in dem Dunkel über seinem Kopf, von woher die Stimme auf ihn herunterfällt, ein Nachbild ausgemacht, es wirkt wie ein vom Blitzlicht eingebranntes fotografisches Negativ: das

*Haar tiefschwarz, die Lidspalten der Augen gefüllt mit aschfarbenen Weinbeeren, das schmal ovale Gesicht wie ausgezehrt, die trockene, dunkle Haut ohne jeden Ausdruck. In seiner Vorstellung deckt sich das plötzlich mit jenem Negativ, das von dem letzten Foto des *** vor seiner Hinrichtung existiert. Die brutale Verhandlung und schließlich die Verkündung des Todesurteils hätten, heißt es, das Haar auf dem Mönchskopf des gerade erst Sechsundzwanzigjährigen schlohweiß werden lassen. Und erneut schiebt sich die Stimme jener Person dazwischen. Sollte er dergleichen bei klarem Bewusstsein dahergeredet haben, müsste das überprüft werden. Erklingt die Stimme wieder wie zuvor aus der Tiefe jenseits der Bettkante herauf, und sie fährt fort: in Wahrheit handelt es sich bei den Worten* Du sahst, so viel zu sehen möglich war *um ein Zitat aus dem ›Heike-Epos‹; das hatte mein Vater im Gefängnis gelesen, und zum Vermächtnis schickte er uns, der zurückbleibenden Familie, diese Zeile daraus, ja?! Dass der ALTE dem armen Kleinen gegenüber so im Schriftstil gesprochen haben könnte, halte ich für völlig ausgeschlossen. Das hat sich der Junge absichtlich ausgedacht, diesen ganzen unwahrscheinlichen Dialog, diese feige Selbstrechtfertigung, mit der sich die Möglichkeit eröffnete, der Verantwortung für all die Geschehnisse damals am 16. August zu entfliehen, ja?! Und wenn der Junge in seinem Kopf tatsächlich bis heute unabänderlich darauf eingeschworen sein sollte – es hätte ihn der ALTE an jenem Morgen eben davon abhalten müssen, in seiner einfältigen Begeisterung und das klirrende ›Klettenschwert‹ an der Seite, mit dem Trupp loszuziehen, ja?! Grausam war das, ja?! In China, in der Mandschurei, immerzu* *war der ALTE, vor sich das Sonnenbanner, hinter sich das Chrysanthemenwappen, mit irgendwelchen abscheulichen Dingen befasst gewesen, aber das Abscheulichste in SEINEM Leben war doch, dass ER zu dem vorgeblichen Aufstand am 16. August den Jungen mitnahm! Und dabei wusste ER: dieser vorgebliche Aufstand würde scheitern; hatte ER geradezu darauf gehofft, dass die Sache scheitern werde, und den Jungen nur deshalb mitgenommen, weil ER das Gerede danach fürchtete, das Ganze wäre nicht ernst gemeint gewesen. Solange ER jedoch den Enkel des *** bei sich hatte (dürfte sich der ALTE in SEINER gemeinen ART, in SEINER durchsichtigen, beschränkten Hinterhältigkeit die Geschichte zurechtgelegt haben), würde es ein Leichtes sein, die anderen glauben zu machen, dass es ehrlich SEINE Absicht wäre, Bomben auf den Kaiserpalast zu werfen, ja?! Und vermutlich hatte das auch der noch kindliche Verstand des Jungen genau begriffen. Während der ALTE und die Offiziere in die Bank marschierten und verhandelten, sollte der Junge auf der Ladefläche des Militärlastwagens warten; doch irgendwie muss er Angst bekommen haben, bevor es überhaupt losging, jedenfalls ist er davongelaufen! Den Fahrer und die anderen Soldaten, die beim Lkw geblieben waren, hat es dann als die Ersten erwischt. Demnach kann der Junge nicht erst nach Anfang der Schießerei abgerückt sein. Schon vorher hat er wohl gespürt, dass man ihn, seine kleine Person, in diesem Schwindelunternehmen von einem Aufstand bloß als die komische Figur benutzte, und da hat er sich aus dem Staub gemacht! Ein Kind zwar, aber doch ahnend, dass in seinen eigenen Adern ein zum Hochverrat bereites Blut fließen müsse, und insgeheim er-*

schreckend: es könne dies auf einmal deutlich Gestalt annehmen und zu wirken beginnen, wird er, als jetzt von einem wirklichen Bombenangriff auf den Kaiserpalast die Rede war, plötzlich den Eindruck gehabt haben, ganz allein er selber, beziehungsweise das in ihm zirkulierende Blut trüge am Ende die Verantwortung dafür, wenn so die Geschichte des Reiches über den Haufen geworfen würde, und da hat er lieber weit, weit weglaufen wollen, hat er sogar vor seinem eigenen Körper fliehen wollen, ja?! Als daher, wie man IHN aus der Bank herausgeschoben hatte, der ALTE in SEINEM Kastenwagen erschossen wurde, entweder weil man IHN fälschlicherweise für einen Bankräuber hielt oder weil es um eine Auseinandersetzung zwischen verschiedenen Teilen der Armee ging (denn dass IHN, was der Junge meint, ausgerechnet die MG-Salve eines amerikanischen Fliegers traf, kann ich mir nicht vorstellen), da wird gewiss keiner darüber so erleichtert gewesen sein wie dieses Kind, nicht wahr? Auf den Abend zu, als ich hinkam (die Polizisten, die mich benachrichtigt hatten, nahmen mich in ihrem Auto mit), stand die blutverschmierte Kiste mit den klobigen Scheibenrädern daran in der Ruine des Hauses neben der Bank, das vier, fünf Tage zuvor bei einem Luftangriff ausgebrannt war, und schräg in der Kiste, es sah aus wie ein abgelegter riesiger Füllhalter, hing SEIN schon steifer Leichnam; der Junge aber hielt nicht etwa Wache bei IHM, nein, er hockte mit den Männern vom Luftschutz, die die toten Soldaten abtransportiert hatten, im Schatten eines Lkws, warf allerdings von Zeit zu Zeit durch die zunehmende Dämmerung einen flackernden Blick herüber zu dem Kastenwagen. Weder die Luftschutzmän-

*ner noch die Polizisten oder die Soldaten hatten mitbekommen, dass der Junge der Sohn des Toten in der Kiste war, ja?! Und seit damals, seit er sich vor all den Leuten dort so verstellte, hat er das ununterbrochen getan bis auf den heutigen Tag. Ich für meine Person, ich habe diesem Jungen nie davon erzählt, dass das Blut des *** in seinen Adern fließt. Er ist von sich aus allmählich dahinter gekommen und hat deshalb angefangen, sich vor sich selber zu fürchten. Keiner, der ALTE nicht und nicht der Junge, hat im Ernst vorgehabt, den Kaiserpalast zu bombardieren. Trotzdem ist der Kleine schon beim ersten nebelhaften Gedanken daran derart ins Schlottern geraten, dass er sich nicht anders zu helfen wusste, als davonzulaufen, ja?! Ich will dem ALTEN, zumal so lange nach SEINEM Tod, nichts Schlechtes nachsagen; aber dass ER sich das herausnahm, mir gegenüber, wo doch mein Vater in einen als Hochverrat behandelten Fall verwickelt gewesen war, so dass ich nicht in Innerjapan aufwachsen konnte und die Genehmigung, in den überseeischen Gebieten zu leben, erst erhielt, nachdem mich einer jener politischen Dunkelmänner adoptiert hatte, bei denen man nie recht wusste, waren sie nun gerade Sozialisten oder Ultranationale – dass ER es wagte, mir ins Gesicht hinein zu erklären:* Was dein Vater gewollt und nicht erreicht hat, wir werden es vollenden, *das war, mit Verlaub gesagt, allerdings eine Beleidigung, nicht wahr? Zumal ER in Wirklichkeit daran gar nicht dachte, sondern nur an das Geld, das ER mir entlocken wollte, ja?! In meiner Situation damals hatte ich natürlich nicht die Energie, der Sache nachzugehen, herauszubekommen, ob ER sie tatsächlich hatte verkaufen können, meine Papiere, oder nicht;*

angenommen indessen, ich hätte sie, zu ihrem alten Wert, noch in Händen gehabt, unser Leben nach dem Krieg, da bin ich sicher, wäre erheblich leichter gewesen. Während ER also im Begriff war, mich und den Jungen ins Elend zu stoßen, besaß ER die Gemeinheit und erklärte mir: Was dein Vater gewollt und nicht erreicht hat, wir werden es vollenden! *Und der Junge ist genauso charakterlos. Wenn man Selbstmord begangen hat, gibt es für den Japaner auch in der Welt nach dem Tod da ›drüben‹ einen Tennō oder Himmlischen Herrscher; der könnte ihn ja ins Verhör nehmen und fragen:* Du hast zwar tatsächlich gegen den Tennō in der Welt der Lebenden nicht rebelliert, aber ist es nicht doch eine Ungehorsamkeit, wenn einer davor davonläuft und Selbstmord begeht? *Weil er, der Junge also, ein solches Verhör fürchtet, lässt er den Selbstmord sein und schiebt stattdessen mir die Verantwortung zu. Auch das ist, mit Verlaub, für mich, die Tochter des ***, eine Beleidigung, nicht wahr? Wie er jetzt darauf wartet, dass er an Krebs stirbt, wie er die Augen nur gerichtet hat auf den Tag seines Todes, auf die Stunde, in der es mit ihm ein Ende nehmen wird, und wie er dabei dennoch fröhliche Lieder singt, drückt sich, scheint mir, darin seine Hoffnung aus, er könnte auf diese Weise entfliehen, ohne selbst irgendetwas verantworten zu müssen, ja?! Beschließt die Person ihre lange Rede. Und hierauf die Testamentsnotarin, nachdem sie die ganze Zeit über geschwiegen hat:* Allerdings ist das so, davon bin ich überzeugt! *Sagt sie, um dann fortzufahren: Denn nach einem idiotischen Plan, zu dem er mich überreden will und den unbedingt auszuführen er immer wieder von mir verlangt, soll ich unmittelbar nach seinem Ableben* *unter Mitnahme unserer gemeinsamen Kinder einen Amerikaner heiraten. Den Amerikaner, es ist ein aus der Armee Desertierter, hat er selbst ausgesucht. Seit langem schon halten wir ihn wie einen aus der Familie bei uns versteckt; und gelegentlich, da hat er sich betrunken gestellt und den Amerikaner dazu aufgereizt, er solle mich verführen. Wenn nämlich, so rechnet er, unsere Kinder die amerikanische Staatsbürgerschaft erhielten, wäre sein Blut vollständig frei, frei vom Himmlischen Herrscher, frei auch vom Geist eines Toten namens ***. Sagt sie. Da auf einmal schreit er los, schreit mit einer Stimme, als zerrisse es eine Glocke, so dass die röhrenförmige Unterwasserbrille auf seinem Nasenrücken auf und nieder hüpft:*

– Ich entziehe dir die Qualifikation als Testamentsnotarin!

*Unverschämtheit! Was bildet er sich eigentlich ein?! Kommt von seinem Fußende die Stimme heraufgekrochen. Die Kinder, weißt du, werde ich mit in den Wald nehmen, und du kommst auch, und wir Frauen leben dort zusammen, ja?! Dann werde ich den Kindern erzählen, wie das war mit Urgroßvater ***. Ich hoffe, irgendwann werden die Japaner ihre Haltung diesen Dingen gegenüber korrigieren; ja, ich möchte das noch erleben, um mich mit eigenen Augen davon zu überzeugen. Sagt sie, und er brüllt:* Das ist der Traum, genau das habe ich immer geträumt! *Wenn ihr erklärtet, ich hätte laut gewimmert, dann war es, jetzt begreif ich's, dieser Traum! Und während er sich vor lauter Qualen hin und her wirft, bricht er in ein Schluchzen aus. Es ist wahr: du träumst, ja?! Sagt mit ruhiger Gleichförmigkeit die hinter die linke Bettkante abgesunkene Stimme. Regelmäßig, seit deinen Kindertagen, hast du, wenn* *du etwas Schreckliches träumtest, geschluchzt, und du träumst auch jetzt und weinst dieses nutzlose Weinen, ja?! Sagt sie, und diesmal wendet sie sich unmittelbar an ihn, wie um ihn so zu trösten. Wo du nun fünfunddreißig bist – da ist das schlimm! Wenn man dich damals in der Volksschule gefragt hatte:* Sollte es Seine Majestät, der Tennō, dir befehlen – bist du bereit zu sterben? *Und du hattest geantwortet:* Ja, ich bin zu sterben bereit, bin mit Freuden zu sterben bereit! *hast du danach jedes Mal von diesen schrecklichen Sätzen geträumt und dabei geschluchzt; aber dass du heute mit fünfunddreißig heulst, als hätte dir der Lehrer in der Volksschule wieder dieselbe Frage gestellt, das ist schlimm, ja?!*

8.

Außer dass er nach wie vor die mit Zellophanpapier beklebte Unterwasserbrille trägt, hat er nun auch noch den neu erworbenen Kopfhörer auf und lauscht (wenn er wach ist, fast immer) der auf ein Endlosband überspielten Bach-Kantate in einer Aufnahme mit Fischer-Dieskau. Dinge wie die ärztlichen Maßregeln werden ohne Einschaltung des Bewusstseins rein physisch befolgt, im übrigen lässt er absolut nichts mehr an sich heran, was auf ihn einwirken könnte. Die Person, der er das Amt einer Testamentsnotarin entzog, hat für ihn längst aufgehört zu existieren. Doch als hielte er es für denkbar, dass das jetzt ständig auf Wiedergabe laufende Tonbandgerät gleichzeitig auch aufzeichnete oder dass eine neu engagierte Protokollantin an seinem Bett darauf wartete, setzt er gelegentlich dazu an, in seiner ›Geschichte einer Zeitgenossenschaft‹ fortzufahren. Singt er auch wieder jenes Lied von den Happy days. Da sein Gesang indessen von der aus dem Kopfhörer erklingenden Bach-Kantate beeinflusst wird, kommt es in seiner leisen Stimme dann und wann zu einer entsprechenden Verschiebung von Melodie und Rhythmus. Wäre er noch dazu des Deutschen mächtig, ergäbe sich bei den von ihm hervorgebrachten Texten ein schönes Durcheinander.

Als der Irre plötzlich nachts in sein Zimmer eingedrungen war, eine Erscheinung mit einem wild wuchernden Bart wie einst der ALTE, und er, der Kranke, hatte ihr die soeben zum Ausrasieren der Nasenlöcher benutzte Rotex-Rotorschere entgegengeschleudert und damit eine arabeskenhafte Scharte in das Bartgestrüpp geschnitten, war es ihm um die Spurensicherung zu tun gewesen. Wie sich jedoch herausstellte, hatte er, der so Scharfsinnige, stümperhaft gearbeitet. Denn es war keineswegs ein Irrer gewesen, sondern eine Irre, eine geisteskranke Frau, die sich zu ihm geschlichen hatte. Und inzwischen war der durch die eingeschnittene Arabeske heillos entstellte falsche Bart gewiss längst beseitigt. Die Spur mithin für immer verloren. Wenn er dennoch und mit der ungewöhnlichsten Deutlichkeit die bärtige Erscheinung in jener Nacht als eine geisteskranke Frau identifizieren konnte, so deshalb, weil er die Stimme wiedererkannte. Zwar war, was die jenseits seiner Bettkante in einer seltsamen Tiefe, wie es schien, zusammengekauert dasitzende Person unentwegt daherredete, in den Worten völlig verschieden davon, aber er hörte daraus denselben Stil und denselben Ton, mit dem ihn die Stimme in der Nacht geifernd angeschrien hatte.

– Was ist eigentlich los mit dir? Na, sag schon, *was denn, was denn?*

Und um sie zurückzuweisen, die alte Frau, auf deren schmal ovalem Gesicht unter dem weißen Haarschopf eine hochgradige Ausdruckslosigkeit, deutliches Anzeichen für ihren Irrsinn, zu beobachten war, hätte er ihr ebenfalls (wie damals dem Bärtigen) brüllend antworten müssen:

– Was mit mir ist? *Der Krebs, der Krebs!* Der Leberkrebs als solcher und an sich, *das bin ich!*

Damit hätte alles erledigt sein müssen.

Tatsächlich war es ja auch so: Nachdem er sie in solcher Lautstärke abgekanzelt hatte, fiel der Gegenseite kein Wort der Widerrede mehr ein. Von einem englischen Dramatiker und Schauspieler stammt der Ausspruch: ›Wie die Welt der Lebenden, so besitzt auch die Welt der Toten ihre Fülle.‹ Um es einmal dementsprechend zu formulieren: Die Fülle, die die Welt des Krebs-Menschen besitzt, existiert ganz real in dieser Welt hier; zumal bei einem Körper wie dem seinen, in dem sich der Krebs mit Überschallgeschwindigkeit vergrößert, meint ›seine Fülle‹ nichts anderes als die Fülle des Krebses. Ja, er selbst hält es für ausgemacht, dass dieses Sonderexemplar von einem Krebs bereits in die Lymphbahnen seines gesamten Körpers eingedrungen, auf allen vorhandenen Schleimhäuten präsent ist; dass wie auf einer sehr detaillierten Straßenkarte die Routen der Krebszellen längst zehnfach, zwanzigfach seinen Leib überziehen. Dabei ist er noch nicht völlig zum Krebs-Menschen geworden, und die Schmerzen, die er gegenwärtig empfindet, scheinen auf ihrer vom Krebs her gesehenen Rückseite mit Lustgefühlen unterfüttert zu sein, deren absoluter Wert dem ihrigen genau gleichkommt. Würde er jetzt, durchaus leidend zwar an der durch die Leberschwellung verursachten Oppression der benachbarten Organe, den Versuch unternehmen, sich selbst an die Stelle dieses Leberorgans zu versetzen, müsste er dort auf eine von vitaler Sinnlichkeit erfüllte Ekstase treffen, auf die Ekstase des kraftstrotzend wachsenden, anschwellenden Krebses. Und er sehnt sich danach, ein Stück wenigstens von dieser Lust mit seinen eigenen Sinnen vorwegnehmend zu kosten, noch ehe er endgültig zum Krebs-Menschen geworden ist.

Die Augen mit der röhrenförmigen Unterwasserbrille bedeckt, die Ohren mit dem Kopfhörer des Tonbandgeräts verschlossen, dafür aber den Mund wie zum Schnappen weit aufgerissen, dass man den Gaumen sieht: So spielt er probeweise im Voraus den Augenblick seines Sterbens, in dem er endgültig zum Krebs-Menschen werden wird. Der bis dahin in seinem Körper weiterwachsende, weiterwuchernde Krebs ist nun die lebendigste Substanz, in der gleichzeitig mit seinem Sterben eine in einem tieferen Sinne leise Bewegung ihren Anfang nimmt, nämlich eine friedliche, gleichsam automatische Hinwendung zum Verfall, zur Auflösung. Eine Bewegung, als stiege ein erstes Methangasbläschen strudelnd herauf an die weite Wasseroberfläche; und während er es genießt, dass er in der Tiefe seines Körpers diese Vorahnung des eigenen Verfalls sinnlich aufzufangen vermag, reibt er sich liebkosend bald die abgemagerten Arme, bald die Brust. Unruhig verlangt es ihn danach, sich möglichst rasch des Vorhandenseins aller nur berührbaren Hautpartien und der erschlafften Muskulatur darunter zu versichern. Sich der Vorahnung zu vergewissern, dass sein Körper, sein Krebs-Körper auch, dass sie beide nun eintreten in die Phase des Verfalls; wird sie ihm doch, indem er durch sie mit all seinen Sinnen den Urgrund der Existenz berührt, zu einer Lust verhelfen, die seine jetzigen Emotionen noch tiefer öffnet und anreichert mit noch größerer Fülle. Er wird, soweit da sein derzeitiges Bewusstsein mitzureden hat, dem Krebs gegenüber, der quantitativ mehr als die Hälfte seines Körpers und seiner Seele ausmacht, Gefühle hegen wie für einen leiblichen Bruder. Und sobald dieser die ihm gestellten, umfangreichen Aufgaben erfolgreich beendet hat, beginnt er, der kleine Lieblingsbruder Cancer, gemeinsam mit ihm, der jetzt keinen Fluchtversuch mehr unternimmt, zu verfallen. Tritt der in jugendlicher Frische strahlende Krebs (verglichen jedenfalls mit dem seit fünfunddreißig Jahren benutzten Körper ein sozusagen ›kaum Geborener‹) in die Verwesung ein. Dass ihm selber der Versuch der Rekonstruktion seines Lebensweges infolge unerwarteter Überfälle aus dem Hinterhalt missglückt ist, das gibt er zu; doch hängt er nicht mehr daran, so dass ihm das keinerlei Bedrückung verursacht. Schließlich hat er, so viel steht fest, gerade durch destruktiven Beistand allein des Krebses die in fünfundzwanzig Jahren zu einer Belastung seines tatsächlichen Körpers angewachsenen überflüssigen Pfunde heruntergebracht und physisch zurückgefunden zu dem Zustand vom 16. August 1945, drei Uhr nachmittags. Und nur insofern, als sie behauptete, sein Gesicht sei wieder ganz das Jungengesicht aus der Zeit gegen Kriegsende, ist in dem, was jene Geisteskranke so weitschweifig vorgetragen hat, die Spur immerhin einer ernstlichen Bedeutung enthalten. Schrill, einen Knabensopran imitierend, erhebt er seine Stimme und singt: Let us sing a song of cheer again, happy days are here again! *Weil ihm aber die unablässig aus dem Kopfhörer erklingende Musik in den Ohren hallt:* Da wischt mir die Tränen mein Heiland selbst ab *(was nach seinem Verständnis so viel bedeutet wie* Mit höchsteigenen Händen trocknet mir Seine Majestät der Tennō gnädig die Tränen auf meinem Gesicht)*, so vermengt er die Melodien allmählich und ersetzt gelegentlich gar die Worte* Happy days are here again *durch ein im Falsett gesungenes* Komm, o Tod, du Schlafes Bruder! *Schließlich* *wird der Krebs die sinnlos gewordene Körper- und Seelenhülle, unter der sich sein wahrer 16. August 1945 verbirgt, endgültig aufgezehrt haben, um ihm mit einer sich unmittelbar durch den Körper in die Seele hineinbohrenden Stimme zuzuflüstern:* Nun also bin ich Du! Keinem anderen Du als diesem Du, das ich bin, war es möglich, dein Du zu werden. Let us sing a song of cheer again, happy days are here again! *Da wird sich mit einer Auswahl unter den verschiedensten Versionen der damalige klare Hochsommernachmittag vor seinen Augen auftun – als ein unendlich dehnbares Jetzt. Wird er selber, kurz vor der völligen Verwandlung in den Krebs-Menschen, mit Freuden eintreten in diese bis in die fernsten Fernen entgrenzte Gegenwart.*

Der Junge, das klirrende ›Klettenschwert‹ an der Hüfte, kroch auf die steinernen Stufen am Bankeingang zu, wo der ALTE, getroffen von mehr Schüssen, als ER selber es wusste, auf ihn wartete, gleichzeitig aber in der einen Hand das Armeeschwert schwang, während ER die andere weit ausstreckte, als könnte ER so den von hinten beschossenen, zwischen Tod und Leben schwebenden Jungen zurückhalten. Dessen Augen hatten sich mit dem eigenen Blut und mit Tränen gefüllt, so dass er irgendwelche realen Dinge nicht mehr wahrzunehmen vermochte; doch heller, als er jemals ein Licht gesehen hatte, durchfunkelte eine von einer violetten Aureole umgebene, riesige Chrysanthemenblüte die Schwärze unter seinen geschlossenen Lidern. Ob jener da auf den Steinstufen, der seinen Kopf, diese düstere Leere jetzt, da alles Blut aus ihm rann, zu umfangen auf ihn wartete – ob es schon ER war? Der Junge mochte das nicht für sicher halten; doch wie er – *ah, noch einen Meter!* – weiterkroch und ließ die von Schüssen zerschmetterten beiden Hände über das heiße Pflaster schleifen, da wurde er von EINEM, wer es auch war, es musste der sein, der ihn erwartet hatte, auf den Schoß gezogen, und es wischte ihm der EINE das Blut und wischte ihm die Tränen ab.

Um keinen Preis wollte er zugeben, dass man ihm den Kopfhörer abnähme; deshalb schloss der intelligente, trickreiche Doktor das Mikrophon an das Tonbandgerät an, stöpselte den Kopfhörerstecker auf Monitor um und begann über das Mikrophon zu ihm zu reden: Wir meinen, die Stunde sei gekommen, in der wir uns in aller Offenheit über deinen Zustand unterhalten müssen; du solltest das verstehen und uns nach Kräften unterstützen. Du hast ein Stadium erreicht – … An diesem Punkt stöpselte der Kranke rasch den Stecker seines Bewusstseins um, woraufhin er von außen nichts mehr vernahm. Keuchend, mit der metallisch schrillen Stimme des Zehnjährigen auf der Schwelle des Todes, die Melodien zudem wirr vermengend, fuhr er fort und sang Let us sing a song of cheer again, happy days are here again!

Glossar des Übersetzers

Anarchistenmassaker: Nach dem Großen Erdbeben in der Kantō-Region (in und um Tōkyō) am 1. September 1923 kam es neben blutigen Übergriffen auf Koreaner und Chinesen auch zur Jagd auf missliebige »Linke«. So wurde der für den Anarchismus votierende, damals 38-jährige Sakae Ōsugi, Journalist, Essayist und Übersetzer (von Kropotkins *Gegenseitige Hilfe in der Entwicklung*, Romain Rollands *Das Theater des Volkes* u. a.) mit der zehn Jahre jüngeren streitbaren Feministin, Lebensgefährtin und Mutter seiner fünf Kinder Noe Itō am 16. des Monats auf die Wache in Tōkyō-Yodobashi gebracht, wo der Hauptmann der Militärpolizei Masahiko Amakasu sie beide nacheinander beim ersten Verhör erdrosselte; das gleiche Schicksal erlitt ein zufällig mit aufgegriffener Neffe Ōsugis, ein Kind von sieben Jahren. Der Fall wurde publik, man stellte Amakasu vors Militärgericht, das ihn im Dezember 1923 zu zehn Jahren Haft verurteilte; doch kam er drei Jahre später frei und konnte, unterstützt aus einem Geheimfonds der Armee, nach Frankreich ausreisen. 1929 nach Japan zurückgekehrt, ging er bald darauf in die Mandschurei, um für die Kuantung-Armee (s. d.) tätig zu werden. Nach der Gründung des Staates Mandschukuo (s. d.) avancierte er dort zum höheren Polizeioffizier, war dann Chef des Verwaltungsstabes bei der sog. »Eintrachts-Gesellschaft«, der als staatstragend eingesetzten politischen Massenorganisation, und schließlich Präsident der Man-

dschurischen Filmgesellschaft. Fünf Tage nach Kriegsende im August 1945 beging er, 54 Jahre alt, Selbstmord durch Gift.
Äthylalkohol: auch Weingeist; ist im Gegensatz zum Methylalkohol nicht giftig.

Bach-Kantate: die sog. »Kreuzstabkantate« (Kantate Nr. 56); dort heißt es in einer Arie: »Da wischt mir die Tränen mein Heiland selbst ab …«, und im Finale: »Komm, o Tod, du Schlafes Bruder …«
Bashō-Gesellschaft: in Erinnerung an Matsuo Bashō (1644–94), Meister des dreizeiligen Haiku-Gedichts; Iga-Ueno, südöstl. von Kyōto, war sein Geburtsort. »Die Frosch-Verwandlung« stellt eine Art Paraphrase dar auf das am Schluss gegebene Haiku Bashōs.
Bataille, Georges: 1897–1962; franz. Schriftsteller, bevorzugte einen erotischen Mystizismus.
Benkei-Baum: Podocarpus Nagi; bis zu zwanzig Meter hoher Baum, mit Fruchtansätzen in den Blattachseln. Soll vor bösen Geistern schützen. »Benkei« geht zurück auf einen gleichnamigen Schwertkämpfer des 12. Jahrhunderts.
Bitterbinse: Juncus tenuis; urspr. in Amerika beheimatete, zartstielige Binsenart.

China-Expeditionskorps: von den japanischen Heimatinseln entsandte Truppen, die seit Beginn des *China-Zwischenfalls*, als welcher der im Juli 1937 mit einer Schießerei an der Marco-Polo-Brücke nördl. Pekings begonnene *japanisch-*

chinesische Krieg noch lange Zeit bezeichnet wurde, von da aus sowie vom südlichen Shanghai her das Reich der Mitte zu besetzen suchten. Im Gegensatz zu der seit 1919 in der Mandschurei (später Mandschukuo; s. d.) fest stationierten Kuantung-Armee (s. d.) überwiegend aus kurzfristig rekrutierten Wehrpflichtigen bestehend.

Chrysantheme: aus China bzw. von der koreanischen Halbinsel eingeführt; bereits zur höfischen Zeit als herbsttypisch anerkannt, stieg sie um 1300 zur »Lieblingsblume« des Tennō auf. 1869 wurde sie offizielles Wappensymbol der Dynastie, und zwar für den Kaiser in der gefüllten Form mit 16, für die Kaiserin als die von der Rückseite her gesehene Blüte mit 14 Blütenblättern.

Daruma-Puppe: nach dem aus Indien stammenden buddhistischen Priester Bodhidarma (6. Jh.) benanntes Glückssymbol in Form des arm- und beinlosen »Stehaufmännchens«, meist aus Pappmaché; auch Kinderspielzeug. Bodhidarma gilt als Patriarch des Meditationsbuddhismus (jap. Zen), den er in China lehrte.

Fernöstliches Kriegsverbrechertribunal: von Mai 1946 bis November 1948 in Tōkyō, bestehend aus Vertretern Australiens, Chinas, Frankreichs, Indiens, Neuseelands, der Niederlande, der Philippinen, der UdSSR und der USA. Es erfolgten 25 Verurteilungen, siebenmal wurde die Todesstrafe ausgesprochen und am 23. Dezember 1948 vollstreckt.

Frosch-Verwandlung: s. Bashō-Gesellschaft.

Giftkraut: Hottonia cordata, ein Primelgewächs; wird auch zu medizinischen Zwecken verwendet.
Gottheiten: der Shintōismus Japans kennt neben ursprünglichen Naturgottheiten die dem Ahnenkult zugehörigen sowie durch die Geschichte sich vermehrenden Deifikationen von Helden und großen Geistern.
Guadalcanal: größte der Salomoninseln; die hier von Sommer 1942 bis Anfang 1943 tobenden Kämpfe zu See und Land endeten mit einem amerikanischen Sieg. Er brachte die Wende; von nun an waren die Japaner auf dem Rückzug.

Haneda: bis zur Eröffnung des Flughafens Narita 1978 einziger Zivilflughafen Tōkyōs, gelegen am südlichen Stadtrand unmittelbar am Meer.
Harz von Kiefernwurzeln: wurde zur Herstellung des als Terpentinersatz benutzten Kienöls gesammelt.
Häsling: eine Weißfischart.
Heike-Epos: jap. Heike-monogatari; zwischen 1220 und 1250 entstandene »Kriegshistorie«, die den Untergang des mächtigen Taira-Clans im Jahre 1185 schildert. Eine ursprünglich von zumeist blinden Sängern vorgetragene, stellenweise rhythmisierte Prosa; betont buddhistische Weltsicht: nichts, was irdisch geschieht, hat Bestand.
Himmlischer Herrscher: wörtl. für jap. »Tennō«; doch deuten die meist paraphrasierend zitierten Stellen aus dem Bachschen Kantatentext darauf hin, dass dem Autor an einer Grenzverwischung zu christlichen Vorstellungen durchaus gelegen ist.

Hundsfeigen: so wörtl. nach dem Japanischen; es handelt sich um die Ficus erecta.

Iga-Ueno: s. Bashō-Gesellschaft.
Ishihara, Kanji: 1889–1949; 1928 Stabsoffizier bei der Kuantung-Armee (s. d.), mitbeteiligt an der Ausweitung des sog. Mandschurischen Zwischenfalls 1931 sowie an der daraus resultierenden Errichtung Mandschukuos (s. d.). In der Folge jedoch ein Warner vor der sowjetischen Übermacht im Norden, weshalb er sich, als stellvertretender Chef des Stabes, im Jahr nach Beginn des von ihm für verfrüht erachteten Feldzugs gegen China auf die japanische Hauptinsel zurückversetzen ließ. Neun Monate vor dem Angriff auf Pearl Harbor 1941 nahm er seinen endgültigen Abschied. Vom Fernöstlichen Kriegsverbrechertribunal (s. d.) wurde er, Fürsprecher eines gemäßigt nationalen »ostasiatischen Miteinanders«, als Zeuge gehört.
Itami: s. Ōsaka-Itami

Jujube: Zizyphus Jujuba, Brustbeerenbaum; Kreuzdorngewächs mit rundlichen Steinfrüchten.
Junges Volk: allg. für eine Jugend, die sich vorbereitet, die nächste Generation zu sein; während des Pazifischen Krieges Bezeichnung vor allem für die Schüler der ehemaligen Grundschulen, die von 1941 bis 47 nach deutschem Vorbild »Volksschulen« hießen, eher jedoch in der Bedeutung von »National-Schulen« (vorzubereiten auf den »Dienst an der Nation«).

Kaki: Diospyros Kaki, ein Ebenholzgewächs; wird bis zu 15 Meter hoch, die gelb bis rötlichen, tomatenförmigen Früchte schmecken je nach Sorte herb bis süß. Wer den übergroßen Kaki-Kern verschenkt, gilt als geizig.

Kansai: die Region um Kyōto, Ōsaka, Kōbe; man spricht dort ein »weicheres« Japanisch als z. B. in Tōkyō.

Katakana-Silben: den komplizierten chinesischen Schriftzeichen nach einem phonetischen System entnommene Teile, um die japanischen Sprechsilben darzustellen; von betont »männlichem« Charakter, im Gegensatz zu den die gleichen Aufgaben »biegsamer« erfüllenden Hiragana-Silben, die aus einer Kursive der chinesischen Schriftzeichen entwickelt wurden.

Kawahigashi Hekigotō: 1873–1937, Lyriker des dreizeiligen Haiku-Gedichts; wie unser Autor gebürtig aus der Präfektur Ehime auf der Insel Shikoku, die auch den Hintergrund des Romans abgibt.

Klettenschwert: wörtl. nach jap. »Bajonett«; diese Waffe glich der gerade gewachsenen Klettenwurzel, einem in Japan beliebten Speisegemüse.

Krotonrinde: des Croton Tiglium, eines strauchartigen Wolfsmilchgewächses, urspr. beheimatet in Südostasien.

Kuantung-Armee: so benannt nach ihrem Stützpunkt, der äußersten Spitze der nordchinesischen Halbinsel Liaodong mit der Festung Port Arthur (Lüshun) und der Stadt Dairen (Dalian). Das nach dem Krieg von 1904/05 an den japanischen Sieger gefallene, ehemals russische Pachtgebiet wurde zunächst als Generalgouvernement verwaltet. 1919 kam es zur Trennung von Administration und Kommandantur; doch mit der zunehmenden Spannung in der Region einerseits und andererseits der zu ihrer Ausbeutung nötigen Heranziehung der japanischen Großkonzerne entstand letztlich jenes nationalistisch-kolonialistische Geflecht, in dem sich die auf den Krieg zuarbeitenden Kräfte ausbildeten. Mit der wesentlich von der Armee betriebenen Gründung Mandschukuos (s. d.) verlegte der nun zugleich für die dortigen Truppen zuständige Kommandeur seinen Amtssitz (als bevollmächtigter Botschafter Japans beim Kaiser von Mandschukuo) nach der Hauptstadt Xinjing (s. d.). So stieg allmählich der Einfluss auf die Zentralregierung in Tōkyō. Ihre größte Stärke (700 000 Mann) erreichte die Kuantung-Armee 1941 zu Beginn des deutschen Russlandfeldzugs. Später musste sie Truppenteile an die Südfront abgeben; als die Sowjets sechs Tage vor Kriegsschluss noch eingriffen und die Grenze überschritten, war sie zu keiner wirksamen Gegenwehr mehr imstande.

Mandschukuo: seit 1932; von Japan abhängiger, international nie anerkannter Staat im alten nordchinesischen Herrschaftsgebiet der Mandschus, die als Qing-Dynastie 1644–1911 auf dem Pekinger Thron gesessen und deren letzter namens Pu I (1906–67) nun, 1934, im mandschurischen Xinjing (s. d.) neuerlich zum Kaiser gekrönt wurde. Im August 1945 von den sowjetischen Armeen ausgelöscht. – Der Staatsgründung vorausgegangen waren japanische Feldzüge gegen China (um Vorrechte in Korea, 1894/95) und gegen Russland (um Einflusssphären in der Mandschurei, 1904/05) sowie die Beilegung verschiedener »Zwischenfälle«, deren letzter vom September 1931 nach langen blutigen Kämpfen mit chinesischen Truppen verschiedener politischer Gruppierungen im Februar 1932 damit endete, dass ein »Exekutivkomitee der nordostchinesischen Provinzen«, gebildet unter dem Schutz der japanischen Armee, die Unabhängigkeit von China erklärte (s. auch Kuantung-Armee).

Marinefliegertraining: eine Art vormilitärischer Ausbildung; zunächst freiwillig, später als Teil der Schulerziehung obligat.

Meiji-tennō: der erste »moderne« Kaiser; kam 1867 mit fünfzehn Jahren auf den Thron. Die sog. Meiji-Restauration von 1868 mit der Öffnung für die Welt und die Einführung eines (eingeschränkten) Parlamentarismus durch die Kaiserliche Verfassung von 1889 waren unter ihm die wichtigsten politischen Maßnahmen. Er starb 1912.

Mensch-Kaiser: Am 1. Januar 1946 verneinte Kaiser Hirohito selbst seine »Göttlichkeit«, indem er die »Tennō-ningen-sengen« (»Erklärung darüber, dass der Kaiser ein Mensch sei«) abgab.

Midway-Inseln: Atoll im Pazifik, in dessen Nähe im Juni 1942 eine See-Luft-Schlacht zwischen der amerikanischen und der japanischen Flugzeugträgerflotte stattfand; die hohen Verluste stoppten den weiteren Vormarsch der Japaner.

Mondfisch: Mola mola, auch Sonnenfisch oder Meermond; zwei bis drei Meter lang, mit plumpem, eiförmigem Körper, bis zu einer Tonne schwer.

Neue Schulen: wörtl. »Schulen nach dem neuen System«; während im »alten System« nach Abschluss der sechsjährigen Grund- oder Volksschule durch Besuch einer in der Regel drei- bis vierjährigen Mittelschule und des Präparandenkurses die Universität erreicht werden konnte, kennt das »neue System« (seit der Reform von 1947) nach der wiederum sechsjährigen Grundschule die dreijährige Mittelschule, beide allerdings innerhalb der Schulpflicht; danach folgt eine dreijährige Oberschule. Der Präparandenkurs wurde als »Grundstudium« der Universität eingegliedert.

Obi: Gürtelband oder Schärpe zum Kimono.
O-Kōshin: als göttlich verehrte Beschützergestalt im Volksglauben, meist abschreckend dargestellt mit grünlichem Leib, drei roten Augen und flammendem Haar; vor allem wehrt er die »Drei-Toten-Würmer« ab, die nach taoistischer Vorstellung im Menschen die Schwindsucht auslösen.
Ōsaka-Itami: Großflughafen zwischen Ōsaka und Kōbe.

Quittenweide: Salix chaenomeloides; mit auffällig rundlichen Blättern.

Reinigung: zeremonielle Waschung vor einem shintōistischen Ritual, um mit dem Schmutz alle Schuld loszuwerden.

Saipan, Tinian, Guam: Inseln in und nahe der Marianen-Kette, bei deren Erstürmung durch die amerikanischen Streitkräfte im Juni/Juli 1944 über 56 000 Japaner fielen.

Von Tinian aus startete am 6. August 1945 die »Enola Gay« mit der für Hiroshima bestimmten Atombombe.
Shunga-Bilder: »Frühlingsbilder«; erotische Darstellungen in der japanischen Kunst, besonders im Farbholzschnitt.
Straßen des Staubs: allg. für »diese irdische Welt«.

Tōjō, Hideki: 1884–1948; General der Kuantung-Armee (s. d.). 1931 Kommandeur der dortigen Militärpolizei, 1937 Chef des Stabes, 1938 Staatssekretär im Armeeministerium in Tōkyō, zeitweilig Generalinspekteur der Luftwaffe. Mit der Ernennung zum Armeeminister im Juli 1940 wurde er zur politisch beherrschenden Figur, stürzte im Oktober 1941 das letzte Zivilkabinett, das seinen Plänen widersprach, und machte sich selbst, sieben Wochen vor dem Angriff auf Pearl Harbor, zum neuen Ministerpräsidenten; daneben behielt er das Armeeministerium und übernahm dazu auch das Innenministerium, 1942 bzw. 1943 noch die Ministerien für Äußeres, für Kultur und für Handel sowie andere Spitzenämter. Er regierte faktisch mit der Macht eines Diktators. Als sich jedoch nach der Schlacht um Saipan (s. d.) die Niederlage abzeichnete, trat er von sämtlichen Posten zurück. Vom Fernöstlichen Kriegsverbrechertribunal (s. d.) wurde er zum Tode verurteilt und hingerichtet.
Tōkyō-Haneda: s. Haneda.
Treuetod: jap. »junshi«, wörtl. »Nachfolgetod«; beim Ableben des Herrn oder Fürsten vollzogener Selbstmord. Obwohl zu Zeiten als Idealverhalten geachtet, war dies in Japan jedoch niemals ein festes Ritual.

Volksuniform: dem Schnitt der Militäruniformen nachempfundene Bekleidung, gelbbraun, mit steifem oder Umlegekragen und dazugehöriger Mütze. 1940 eingeführt; wurde während des Krieges von vielen Männern getragen.

Wakayama: Präfektur (und Stadt) südlich Ōsakas.

Xinjing: »neue Hauptstadt«, nämlich des Kaiserreichs Mandschukuo (s. d.); alte Umschriften: Sinking, Hsinking, Hsinching. Vor 1932 und nach Ende des Krieges Changchun.